LE GIGOT DE CHEVREUIL

Le colonel Ramollot vient de faire l'ouverture de la chasse en compagnie de quelques amis, chez un gros propriétaire des environs de Chartres, On s'est mis en campagne au jour levant, et bien avant midi, on rentrait chargé : perdreaux, lapins, cailles, lièvres et faisans étaient tombés par douzaines.

Déjeuner monstre, charmant, d'une gaité folle, dont le colonel prend sa large part, mais pour la fête qui devait avoir lieu le soir, il dut y renoncer ; à regret, mais des raisons de service l'obligeaient de revenir à Paris pour le lendemain à la première heure. On se quitte à la dernière minute, on part précipitamment, et deux amis du colonel, Poulard et Charençon — également pressés de rentrer — l'accompagnent.

— S'crongnieugnieu ! s'écrie le colonel une fois installé dans le train, c't'un f... pierrot que c'particulier d'où nous v'nons : n'nous a s'ment pas f... un perdreau à chacun pour rentrer à Paris ; conviendrez qu'c'est assez dégoûtant !

— Mon cher ami, nous sommes partis si vite, qu'il n'y aura pas pensé sur le moment, car...

— J'te dis qu'si, n... de D... ! c't'une cochonn'rie, j'sais c'que j'dis, p't'être, pas une tourte ! d'vait nous f... un perdreau !...

— Oui, je suis de ton avis, en Italie...

— Qu'ça m'f... ton Italie, m'est égal ! s'ment c'te rosse-là t'nait à tout s'f... par le bec, c't'un j...-f... !

La conversation roule pendant une heure sur ce sujet, et enfin, au moment d'arriver, Ramollot, furieux, conclut qu'on en mang'ra tout d'même du gibier, et malgré c'sale pierrot, encore ; qu'on s'f... bien d'sa volaille, et puisque c'est comme ça, on va lui prouver qu'il peut s'la f... quèque part, car on va en manger tout d'suite, n... de D... !

A cet effet, on prend une voiture à la gare, et on se dirige vers les boulevards, à la recherche d'un restaurant bien monté.

Quoique bons amis, ces trois hommes diffèrent

pourtant d'une façon sensible au physique et au moral. D'abord, Ramollot est militaire, tandis que Poulard et Charençon, les deux autres, ne sont que de simples civils. Ce soir-là, Ramollot est en bourgeois, mais l'œil le moins exercé ne peut le confondre avec les pékins.

Il impose par sa prestance et son énorme aplomb, il se chicane à tous propos, pour un rien ; il s'emporte facilement, mais il se calme de même, seulement, en tous temps, il étourdit les gens par sa voix de contrebasse, qui détone furieusement avec celle de Poulard, un petit gros homme pas joli, tout bouffi, qui parle comme un perroquet. Pour terminer le portrait de Poulard, il convient d'ajouter qu'il est myope et qu'il n'en veut pas convenir, ce qui lui fait faire de perpétuelles maladresses. Caractère, démarche, intelligence et tempérament, tout en lui est lourd ; il n'est pas jusqu'à sa grosse tête toute ronde qui ne semble être d'un poids énorme. C'est ce qu'on appelle un bon enfant, non qu'il accueille d'emblée toutes les propositions, car il proteste volontiers. Il proteste même souvent, espérant se donner l'air d'un fameux lapin, mais comme on le connaît, il est de règle de l'envoyer promener ; alors il fait comme tout le monde, et s'il n'est pas content, il se console en bougonnant pour lui tout seul, sans jamais se fâcher ouvertement. Son principal travers, c'est d'avoir fait jadis un voyage en Italie ; il ne se rappelle pas beaucoup ce

qu'il y a vu, mais il sait cependant qu'il y a été, cela lui suffit, et comme il croit que ça le pose, il trouve toujours moyen, à propos de n'importe quoi, de rien même, de glisser dans la conversation un mot sur le pays.

On peut dire de Charençon que c'est tout l'opposé de Poulard.

Un peu plus jeune, d'abord, et le paraissant surtout bien davantage, Charençon est grand, mince et d'allures très décidées. Il a conservé tout à la fois la bonne humeur et toute la fougue de la jeunesse.

Vivace, intelligent, il ressemble légèrement à Ramollot à cause de ses faciles emportements, qui se terminent presque toujours par un éclat de rire ; il n'a qu'un défaut, c'est d'aller un peu étourdiment en toutes choses comme la corneille qui abat des noix.

Nos trois gaillards sont sur les boulevards. Où ira-t-on ? Ici, là, on hésite, on cherche. Poulard tente d'abord, — timidement, du reste, — d'entraîner le colonel et Charençon dans un restaurant de la place de la Bourse, mais il suffit qu'il ait émis cette proposition pour que Charençon s'écrie :

— Place de... ! va donc te coucher ! nous allons aller boulevard Montmartre, n'est-ce pas, Ramollot ?

— Comment que j'aille me coucher ! permets, Charençon, il me semble que tu pourrais bien...

— Mais non, mais non, f...-nous donc la paix, s'crongnieugnieu ! tu nous embêtes ; comme dit... machin, allons boulevard... Poissonnière.

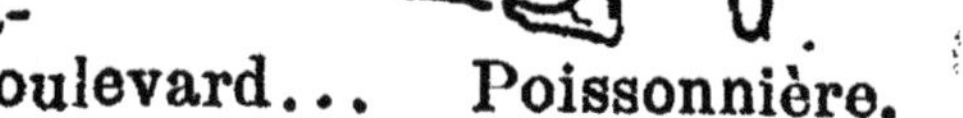

Et comme on était au coin de la rue Vivienne, la troupe tourne à gauche, et on se dirige... boulevard des Italiens.

Quoique suffisamment pourvu d'embonpoint, Ramollot possède de bonnes jambes ; il part en tête avec Charençon, qui fait des pas d'un mètre cinquante, pendant que Poulard les suit en trottinant de son mieux, butant à toute minute dans des gens qu'il n'aperçoit qu'une fois qu'il a le nez dessus.

Poulard s'essuie, s'éponge, suffoque, mais il court toujours derrière les autres, il ne veut pas les lâcher, seulement il bougonne tout le temps : Comme c'est malin! non, vrai, y m'ennuient à la fin; la Bourse, c'était là, tout près, on aurait été très bien !... j'n'en peux plus !... où donc sont-ils ? Ah ! n... de D... ! je n'les vois plus !

Pris de peur, Poulard court encore plus vite, il ne veut pas rester tout seul, il veut s'amuser comme les autres ; enfin, il les rattrape, non sans peine.

— S'crongnieugnieu ! c'que tu f... donc ? s'écrie Ramollot, v'là une heure qu'on t'cherche.

On s'arrête à la porte d'un restaurant, où Charençon affirme qu'on sera très bien, et Poulard, qui redoute de faire une nouvelle course, déclare qu'en effet, c'est une bien bonne maison.

On demande un cabinet pour être plus à l'aise : le garçon dresse le couvert et présente le menu.

— Voyons, dit Poulard, je vais commander, nous disons...

— Ah ! f... non, s'écrie le colonel, j'te connais, toi, d'puis qu'tu as été en Italie, tu veux toujours nous f... du macaroni, c q,'absolument dégoûtant.

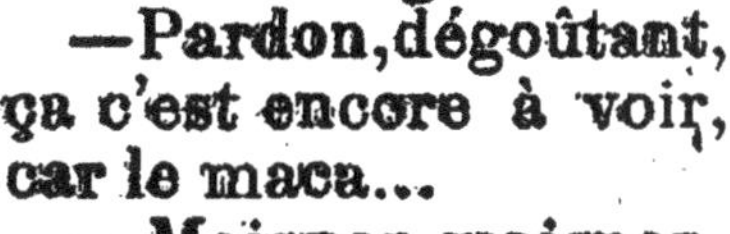

— Pardon, dégoûtant, ça c'est encore à voir, car le maca...

— Mais non, mais non, interrompt Charençon, tu n'sais pas c'que tu dis, laisse donc faire Ramollot, il s'y connaît mieux qu'toi.

— Enfin, c'est curieux ! reprend Poulard d'un air vexé, en faisant des yeux ridiculement ronds, mais passant tout de même le menu au colonel.

Ramollot examine la carte : Potage... heu... heu...

saumon, toujours de c'n... de D... d'saumon, pour lors !

— C'est excellent, dit Poulard, quand c'est bien...

— Mais non, mais non, ça n'vaut rien, n'dis donc pas d'bêtises, laisse faire Ramollot, ce n'est pas ton affaire, ne nous embête pas.

— Enfin, c'pendant, je peux bien...

— Ah! n... de D... ! v'là not'e affaire : *Cuissot de chevreuil!...*

Cuissot, c'comme qui dirait l'gigot, pas vrai, garçon ?

— Oui, monsieur.

— Oui... mais... qu'est-ce que c'est que c'chevreuil-là ? du mouton, p't'ête hein ! gigot d'mouton tué à coups d'bonnet d'coton ?...

— Oh ! monsieur ! proteste le garçon d'un air scandalisé.

— Ah ! c'est qu'vous savez, pas d'bêtises, s'crongnieugnieu ! tâchez moyen de n'pas nous f... dedans. Donnez-nous c'gigot, on l'paiera l'prix, nous nous en f..., s'ment faut qu'ça soit du chevreuil, parce que nous nous y connaissons, nous sommes des chasseurs, savez, sommes pas des tourtes, nous savons c'que c'est qu'du chevreuil, nous autres.

— Pour ça, oui, garçon, interrompt Poulard, ainsi, tenez, moi j'en ai tué un, un vrai ; c'était un matin, en Italie, je...

— Mais, c'que tu veux qu'ça lui f... à c'garçon,

n... de D...! avec ça qu'c'est drôle, ton histoire!

Ainsi, t'nez, garçon, v'là la chose: Figurez-vous qu'un jour c't'animal-là était à la...

— Pardon, dit Charençon, ce n'était vraiment pas la peine d'empêcher Poulard de raconter son histoire, si c'était pour nous la servir à sa place.

— Ça, c'est juste, dit Poulard, heureux de se sentir soutenu une fois par hasard.

— Ne dirait-on pas, continue Charençon, qu'elle est si extraordinaire, son aventure! Tenez, garçon, vous allez en juger vous-même :

C'était un matin, Poulard part pour la...

— Mais, n... de D...! s'écrie Ramollot, si tu m'empêches de la raconter à la place de Poulard, et que tu te mettes à la dire, c'était f... pas la peine de m'couper la parole!

— Ça, c'est juste! dit une seconde fois Poulard, ravi, il est bien plus naturel que je la raconte; je vous disais donc: C'était un matin, en Ita...

— Non, assez, laisse-nous tranquilles, écoute un peu Ramollot, car il faut en finir, dînons, j'ai faim.

On rédige le menu, non sans peine, et, sous la pression du colonel, on y comprend le *cuissot*,

LE GIGOT DE CHEVREUIL

— C'pas un gigot ordinaire, c'est un gigot cuit, un gigot de chevreuil, que nous avons f... bien payé 60 fr.

(Page 16).

qu'il appelle tout le temps *le gigot de chevreuil.*

Le dîner se passe d'une façon charmante, les vins sont excellents et le gigot délicieux, une pièce superbe, fameuse, ces messieurs s'y connaissent, car ce sont des chasseurs ; ils en prennent chacun deux tranches.

Les trois amis sont dans le ravissement, on reviendra dans cette maison-là. Dessert, café, tout y passe, on fume des cigares énormes, on a fini, on sonne, et, le sourire aux lèvres, le garçon présente l'addition :

RAMOLLOT. — Passez-moi ça n... de D...! voyons, je... hein! 120 fr. ! comment ça, s'crongnieugnieu ! cent... vingt... francs!

POULARD. — Comment ! cent vingt francs !

CHARENÇON. — Pas possible !

RAMOLLOT. — Quand j'vous l'dis n... de D...! s'ment c't'idiot !

POULARD. — Mais en Italie, un dîner comme celui...

RAMOLLOT. — Eh ! f...-nous donc la paix avec ton

Italie, b... de m'lon, tu nous embêtes, laisse-moi donc voi: ça un peu s'crongnieugnieu! heu... et quatre dix... vingt-quatre... zéro et je r'tiens trois. Trois et six... six quoi, soixante! comment soixante! soixante francs c'sale gigot!

CHARENÇON. — Diable! c'est raide!

POULARD. — Le macaroni ne coûte pas...

RAMOLLOT. — Mais s'crongnieugnieu! nous en avons pris chacun deux tranches, c'est vrai, mais pour lors ça f... la tranche à dix francs...!

LE GARÇON. — Pardon, monsieur, nous ne comptons pas à la tranche, vous...

RAMOLLOT. — Enfin, n... de D...! nous n'en avons pas moins pris qu'six tranches, c'que vous m'f... là! faites donc v'nir le patron.

Le patron arrive suivi du garçon.

RAMOLLOT. — Dites-moi donc, m'sieu, signifie cette sale plaisant'rie : soixante francs six tranches de gigot! c't'y pas s'f... du monde?

LE PATRON. — Mais monsieur, vous avez pris ce que vous avez voulu ; vous auriez mangé tout, c'était le même prix ; la pièce est entamée, nous ne pouvons plus la servir à d'autres personnes, vous-même vous...

RAMOLLOT. — Entamée, entamée, parbleu, n... de D...! aurait-il pas fallu recoller l'restant d'la bête après c'sale gigot, d'après c'que vous dites?

LE PATRON. — Il n'est pas question...

Poulard. — Tout ce que je puis vous affirmer, c'est qu'en Italie, un...

Ramollot. — Mais f...-nous donc la paix, n... de D...! on n'entend qu'toi, c't'assommant. Pour lors vous disiez qu'une fois entamé...

Le patron. — C'est le même prix qu'entier, c'est une pièce perdue pour nous.

Ramollot. — M'semble pourtant...

Le patron. — Oh! monsieur, nous n'en pouvons rien faire.

Ramollot. — C'comme ça qu'vous l'prenez? Eh! bien, n.... de D...! nous l'paierons vot'gigot, s'ment nous l'emport'rons!

Charençon. — Oui, nous l'emporterons, car ce serait trop bête...

Poulard à *Charençon*. — Permets, mon vieux, mais qu'est-ce que nous en ferons?

Ramollot. — Ça, c'est pas tor affaire. Donnez-nous not'e gigot.

Le patron. — Mon Dieu, monsieur, d'habitude ça... ça ne se fait pas, on... on n'a jamais vu ça...!

Charençon. — Eh bien! nous le ferons, voilà tout.

Ramollot. — Fait'ment, et puis si on n'l'a pas encore vu, eh bien! on l'verra, et ceux qui n's'ront pas contents, j'm'en f...!

Le patron. — Ça va vous embarrasser, on pourrait vous .. vous le porter?

Charençon. — Du tout! qu'on apporte le gigot, on le paye, il nous le faut, nous ne sortirons pas d'ici sans l'avoir, ainsi arrangez-vous.

Ramollot. — Fait'ment! et qu'ça n'traîne pas, n... de D...! sans ça j'm'en f..., j'vais chercher l'commissaire. — (*A Charençon*) — V'là-t'y pas maint'nant qui veut nous voler not'e gigot, c'cochon-là!

Poulard laisse dire ses deux amis, et le patron, pour avoir la paix, fait monter l'objet. Ces messieurs paient, et se retirent après avoir fait envelopper le restant de chevreuil dans un journal. C'est Poulard qui tient le paquet.

Ramollot, très excité, file devant avec Charençon ; ils allongent le pas comme des gens affairés. Poulard les suit péniblement en remontant de temps en temps, sous son bras, ce diable de gigot qui glisse continuellement.

Les deux premiers discutent, gesticulent comme des enragés ; le troisième voudrait bien placer un mot dans la conversation, mais la rapidité de la course lui coupe la parole, et quand il arrive à dire quelque chose, c'est dans le nez d'un passant paisible sur lequel il se jette sans l'avoir vu venir, et tout le monde se retourne ahuri en voyant filer ce petit gros homme qui dit « *gigot* » tout le long de son chemin d'un air navré.

— Tu comprends, dit Ramollot à Charençon, faut pas nous f... dedans, et si tout l'monde faisait comme nous, j'te f... mon billet qu'les gargotiers n'compt'raient pas 60 fransc six tranches de gigot.

— Bien entendu! maintenant moi j'ai une idée : ce soir nous souperons avec, et cette fois, il ne nous coûtera rien.

POULARD, *essoufflé*. — Oui, mais... pas tout d'suite... nous... nous sortons de table!

On s'arrête un peu pour laisser souffler Poulard, il porte le gigot, et on tient à ne pas le perdre de vue; pendant qu'il continue à remonter le paquet qui glisse toujours, Ramollot reprend :

— Oui, mon vieux, ça c'est une bonne leçon, et si chacun se mettait à emporter les restants de plats, ces filous-là f'raient une drôle de tête.

— Pardon, insinue Poulard, ça embêterait les restaurateurs, je ne dis pas le contraire, mais il y a des fois où ça ne serait pas commode ; ainsi, figure-toi que tu vas en soirée, comment ferais-tu pour emporter du homard à l'américaine ou un restant de soupe aux choux?

RAMOLLOT. — Eh! f...-nous donc la paix! toi, tu t'embarrasses de tout, c'est pas le... la chose, le... l'machin qui faut voir, c'est l'résultat, l'principe quoi!

CHARENÇON. — Enfin, ce n'est pas tout ça : nous sortons de table, il est huit heures, on ne peut pas souper tout de suite, qu'est-ce que nous ferions bien en attendant?

Nous avons payé cher, mais ce n'est pas une raison pour ne pas nous amuser.

RAMOLLOT. — C't'évident, scrongnieugnieu ! voyons... si... si nous allions au théâtre?

CHARENÇON. — C'est une idée.

POULARD. — Au théâtre! au théâtre! C'est très

joli pour vous autres, mais moi, comment voulez-vous que je fasse avec le gigot ?

RAMOLLOT. — Ah ! toi, tu t'embarrasses toujours de rien.

CHARENÇON. — Oui, tu nous embêtes à la fin.

POULARD. — Pardon, mais enfin, c'est que c'est moi qui tiens le paquet, tandis que vous...

RAMOLLOT. — C'que ça fait ! faut bien qu'quéqu'un l'porte, n... de D... !

POULARD. — Je ne dis pas non, mais enfin c'est difficile d'aller au théâtre avec...

CHARENÇON. — Avec le gigot?

POULARD. — Dame... oui, et puis il commence à m'embêter.

RAMOLLOT. — Ah ! n... de D... ! il est assommant c't'animal-là ! allons voyons, passe-moi l'gigot, tu vas voir.

CHARENÇON. — Enfin, où allons-nous?

On opte pour l'Opéra-Comique ; les trois amis se présentent au contrôle, ils prennent trois fauteuils, ils entrent :

L'OUVREUSE. — Ces messieurs n'ont pas à se débarrasser, cannes, parapluies...

Ramollot, Poulard et Charençon. — Non, rien, merci.

Ramollot. — Ah! si, au fait, nous avons ça.

L'ouvreuse. — Un paquet?

Ramollot. — Non, c'est un gigot.

L'ouvreuse. — Oh! monsieur, nous ne pouvons pas prendre ça, l'admininistration...

Ramollot. — C'pas un gigot ordinaire, c'est un gigot cuit, un gigot de chevreuil, que nous avons f... bien payé 60 francs.

L'ouvreuse. — Je ne vous dis pas, monsieur, mais c'est que... je n'ai pas de tarif pour les... pour les gigots.

Charençon. — En vous donnant un franc...!

Poulard. — Oui, vingt sous...! du reste, en Italie...

Ramollot. — T'nez, la p'tite mère, en v'là trente.

Autant pour les trente sous que pour se débarrasser des trois hommes qui barrent tout le corridor, l'ouvreuse se laisse convaincre, elle empoche l'argent, prend le gigot qu'elle pose momentanément sur sa chaise, et arrive au bord de l'orchestre, pour indiquer leurs places à ces messieurs.

Pendant ce temps, de nouveaux spectateurs sont arrivés et parmi eux, un vieux monsieur qui flaire et retourne le paquet avec les marques d'un intérêt vraiment extraordinaire.

(*La suite au prochain numéro.*)

Le Gérant : Genay

PARIS. — IMPRIMERIE CHARLES BLOT, RUE BL..UE,

LE GIGOT DE CHEVREUIL

Le premier acte est entamé depuis longtemps, les spectateurs commencent à prendre intérêt à la pièce; il est donc inutile de dire que l'entrée des nouveaux arrivants est accueillie avec les marques d'un enthousiasme... douteux. Charençon passe encore assez bien au milieu du rang de fauteuils, il est mince; pour Ramollot, c'est déjà plus difficile et surtout plus ennuyeux, car, étant très convenable, il s'excuse, mais en criant de sa belle voix qui fait si bien aux manœuvres : Mande pardon! Pardon madame! pardon, monsieur! Enfin, on n'entend que lui dans la salle. Poulard s'excuse d'une façon plus discrète, c'est vrai, mais comme il est plus gros, les gens sont obligés de se lever et de se rétrécir le ventre pour le laisser passer, et comme il n'y voit pas bien clair, il commence par se tromper de place et par s'asseoir sur une petite fille qui jette les hauts cris. Le public, impatienté, crie : Silence! Ramollot et Charençon, qui sont déjà installés, sont même les premiers à se plaindre qu'on n'entend rien et à faire des signes menaçants à Poulard, qui n'en finit pas de trouver sa place.

L'entrée de nos héros n'aurait peut-être pas eu de suites fâcheuses, mais ce qui était insupportable c'était d'entendre un vague bruit de dispute dans le couloir, où les couplets de l'amoureuse étaient coupés par ces mots : Signifie... paquet... ouvreuse... manteau... ma femme... gigot... plaindrai... sortons... plaindrai oui... chose pareille... jamais vu...

Poulard, écarlate, tout honteux et tout en nage, venait enfin de s'installer ; il respirait avec cette légitime satisfaction de l'homme arrivé à ses fins, quand au milieu de la dispute qui se devine au dehors, on entend s'ouvrir brusquement la porte qui mène de l'orchestre au couloir; cette fois, les cris arrivent plus distinctement aux oreilles des spectateurs, qui hurlent avec ensemble : Silence donc! à la porte!

Dans le cadre de la porte, insuffisamment éclairé par le gaz du couloir, apparaissent deux têtes, celle de l'ouvreuse et celle d'un inspecteur de la salle.

L'INSPECTEUR. — Où sont-ils?

LE PUBLIC. — Silence! silence!

L'OUVREUSE, *bas, désignant les nouveaux venus.* — Tenez, monsieur, les voilà; ce sont ces trois-là : 21, 23 et 25.

Nos trois gaillards ne bronchent pas; l'inspecteur leur fait vainement des signes éloquents, ils restent impassibles.

Ne trouvant pas d'autre moyen, l'inspecteur s'avance avec des précautions infinies dans le rang des fauteuils, au milieu des murmures légitimes des gens qui ont payé leur place et qui n'entendent rien.

Il sourit, cet homme, il s'excuse six ou sept fois de suite, et il arrive enfin derrière Ramollot.

Bas au colonel. — Pardon, monsieur, c'est bien vous, n'est-ce pas, qui venez de mettre un gigot au vestiaire?

RAMOLLOT, *tout haut.* — Fait'ment, n... de D...! un gigot de 60 francs à peine entamé...

LE PUBLIC. — Mais silence donc!

RAMOLLOT, *très calme.* — ... qui nous a f... bien été compté entier...

Le public. — A la porte!...

Ramollot. — Asseyez-vous donc, je vais vous raconter le...

L'inspecteur. — Pardon, monsieur, veuillez me suivre.

Charençon. — Où ça? Eh bien, et la pièce, comment voulez-vous...

L'inspecteur. — Pas de scandale, je vous prie; suivez-moi...

Poulard, à *Charençon*. — Enfin, qu'est-ce qu'il demande encore ce monsieur? c'est embêtant à la fin!

Le public. — Silence! à la porte!

Ramollot. — Attends un peu, j'vais l'trouver, c'n... de D...-là.

Charençon. — Oh! mais je te suis, tu comprends bien... Voyons, Poulard, sors donc; si tu restes là, nous ne pourrons jamais passer.

Poulard. — Enfin, c'est très désagréable; je... je sors, mais qu'est-ce qu'il y a?

Ramollot. — J'n'en sais f... rien.

Charençon. — C'est peut-être à cause du gigot.

L'inspecteur attend ces messieurs au coin de la

porte; ils sortent accompagnés des murmures de la salle entière, accablés de malédictions, surtout Poulard, qui, toujours trompé par sa mauvaise vue, manque une marche et roule comme une boule jusque sous les jupons d'une dame susceptible, qui lui flanque un coup de pied dans le derrière en s'écriant : Quelle indécence !!!

Ramollot demande de nouveau : Pardon, m'sieu ! sur un ton qui imite à s'y méprendre le bruit d'un tombereau roulant sur le pavé.

Ils arrivent enfin dans le corridor et trouvent là l'inspecteur et l'ouvreuse en train d'amadouer le vieux monsieur qui avait flairé leur paquet avec tant d'intérêt au moment de leur entrée.

— C'est pitoyable, criait ce bonhomme, je me plaindrai à l'administration.

L'OUVREUSE. — Monsieur l'abonné, je...

LE VIEUX. — Non, madame, ce n'est pas une raison pour recevoir de pareilles saletés dans un vestiaire. — et montrant la jeune femme qui l'accompagnait, il ajouta : Rendez le manteau de madame, donnez-moi mon pardessus ; je n'ai pas envie d'empoisonner nos effets...

L'INSPECTEUR. — On enlève cette... cette chose, monsieur l'abonné, et croyez bien que l'ouvreuse sera mise à l'amende, on la changera, on la mettra aux troisièmes loges; ne vous embarrassez pas du vestiaire, on enlève ce paquet de suite, je vous en réponds.

— C'est heureux, grogne le vieux bonhomme, qui finit par disparaître dans une loge en compagnie de la jeune femme.

*
* *

Les termes de cette discussion ne pouvaient laisser aucun doute dans l'esprit du colonel et dans celui de ses deux complices.

Poulard cherchait à se donner une contenance en rajustant de son mieux le fond de son chapeau, crevé dans sa chute, mais il pressentait vaguement que le gigot avait eu un succès contestable auprès du vieux monsieur.

Sans s'adresser à nos amis, plantés là comme trois cierges, l'inspecteur dit d'un ton sévère :

— Vous avez entendu, madame l'ouvreuse, rendez le gigot!

RAMOLLOT. — Hein! c'ment ça, s'crongnieugnieu! c'est ridicule; à quoi sert le vestiaire, pour lors ?

L'INSPECTEUR. — Mais, monsieur, il sert à mettre les effets, mais on n'y met pas de gigot.

CHARENÇON. — Pardon, nous y mettrons ce que nous voudrons, car le règlement ne dit pas qu'on a le droit de refuser les gigots; nous sommes des chasseurs et...

L'INSPECTEUR. — Le règlement est muet à cet

égard, c'est vrai, mais comme il n'est pas dit non plus qu'on recevra des gigots, cela nous autorise à les refuser. Madame l'ouvreuse, rendez le gigot !

Poulard. — Enfin, c'est curieux ça ; en Italie...

Ramollot. — F...-nous donc la paix, toi !

Charençon. — Mais n... de D...! qu'est-ce que vous voulez que nous f... de c'machin ? On n'peut pas se servir du manche pour lorgner les actrices.

L'inspecteur. — Messieurs, ceci n'est pas mon affaire. Encore une fois, madame l'ouvreuse, rendez le gigot !

L'ouvreuse. — Oui, monsieur l'inspecteur, parfaitement ; si j'avais su, je... Voici, messieurs.

Poulard, *exaspéré, recevant le paquet*. — Enfin, vous direz ce que vous voudrez, mais c'est positivement ridicule sous... sous un gouvernement républicain. En Italie, c'est une monarchie, mais...

Charençon. — C'est de l'arbitraire ! On n'a jamais vu chose pareille ; un gigot de soixante francs !!...

Ramollot. — Mais n... de D...! ça n'peut pas s'passer comme ça, tendez bien c'que j'vous parle !

Le colonel allait dire des choses magnifiques sans doute, mais l'inspecteur était loin.

Poulard, *navré*. — Eh bien ! mais, qu'est-ce que nous allons faire, maintenant ?

C'est le moment de l'entr'acte; les gens sortent respirer l'air un instant, les trois chasseurs tirent des plans dans un coin.

RAMOLLOT. — C'que nous allons faire? mais n... de D...! nous allons rentrer dans la salle, parbleu! elle est très jolie cette pièce-là, s'rait dommage...

POULARD. — Rentrer! rentrer! on voit bien que ce n'est pas toi qui tiens le gigot!

CHARENÇON. — Qu'il est donc bête, cet animal-là, il faut toujours qu'il s'embarrasse d'un rien! passe-le-moi, tu vas voir qu'il n'y a rien d'aussi simple; seulement rentrons tout de suite, il n'y a justement plus personne. comme ça on ne nous embêtera pas pour nous laisser passer.

RAMOLLOT.— Fait'ment, n... de D...! allons passe, Charençon, je te suis; viens, Poulard, et tâche moyen de n'pas nous embêter.

Ils rentrent. L'espace est libre. Poulard s'avance sans difficulté, quelques minutes après les spectateurs reviennent prendre leurs places, et presque immédiatement la toile se lève pour le second acte.

Silence absolu, c'est charmant; malheureusement Charençon a un voisin qui, au bout de quelques instants, se met à renifler d'un air significatif. Il lorgne le

LE GIGOT DE CHEVREUIL

D'un bond Charençon enjambe la balustrade et s'élance après le chien. (Page 29).

paquet installé sur les genoux du chasseur, il lui lance des regards soupçonneux ; enfin il se bouche le nez en faisant füüü...!... füüü...! et se retourne si bien, qu'il en arrive à regarder la scène absolument de profil.

— Diable! se dit en lui-même Charençon, qui suivait attentivement les mouvements du monsieur, on dirait que ce gigot n'est pas fou de la musique, il proteste!

Puis s'adressant à Ramollot :

— Dis donc, tu devrais bien me laisser mettre entre vous deux, car le bonhomme d'à côté n'a pas l'air fou de notre chevreuil.

— Bah! en v'là une tourte.

— C'est évident, mais comme ils n'ont pas l'air de s'entendre, il vaudrait peut-être mieux les séparer.

— Dame! j'm'en f..., après tout, passe si tu veux.

Charençon s'installe entre Ramollot et Poulard, mais il est à peine assis, que le spectateur qui lui tourne le dos fait volte-face en murmurant: Ah çà! mais... qui est-ce donc qui sent si fort que ça?

Charençon reçoit le coup en pleine poitrine, mais il ne bronche pas.

C'est alors le voisin de derrière, puis ceux des côtés, enfin tout l'entourage qui souffle et se bouche le nez, en protestant d'une façon qui devient plus menaçante de minute en minute.

Enfin l'une des victimes, n'y tenant plus, s'adresse à Charençon :

— Mon Dieu, monsieur, je ne sais pas ce que vous avez dans ce journal, mais nous vous serions réellement bien reconnaissants, si vous vouliez avoir la bonté de porter ça dehors, car c'est une infection, positivement.

Ramollot. — Quoi infection ! c'qui vous prend, b... de m'lon?

Charençon. — Une infection, ça! un gigot, un gigot de chevreuil qui nous a f... bien coûté soixante francs!!...

Ce mot de « *gigot* » met le feu aux poudres; les spectateurs, les plus débonnaires même, voyant qu'on crie, se mêlent de l'affaire. On se lève, on entoure les trois chasseurs, on interpelle Charençon et Ramollot qui se cramponnent au paquet, pendant que Poulard, désolé, se déclare à lui-même que Charençon aurait dû dire que c'étaient des petits fours, que tout ça ne serait pas arrivé, tandis que, maintenant, on va avoir des ennuis, probablement.

La représentation s'arrête; du haut en bas de la salle on crie : A la porte! les gens furieux sont debout, montrant le poing d'un air féroce; le tumulte est à son comble, et l'inspecteur, suivi de deux municipaux, fait sortir Ramollot, Poulard, Charençon et le gigot. Ils sortent tous les quatre, les trois premiers en protestant par la parole, le quatrième selon ses moyens limités, mais sûrs.

— Eh bien! vous voyez, dit tranquillement Charençon à l'inspecteur, le public ne veut pas du gigot, vous allez bien être obligé de le reprendre au vestiaire.

L'INSPECTEUR. — Pas le moins du monde; si vous voulez vous en débarrasser, jetez-le dehors, mais...

POULARD. — Comment, le jeter!

RAMOLLOT. — Un gigot de soixante francs! mais ça s'rait s'f... du monde, s'crongnieugnieu!

POULARD, *qui tient à souper*. — Oui, ça... ça s'rait drôle, en Ital...

L'INSPECTEUR. — Alors, messieurs, veuillez sortir avec.

CHARENÇON. — Eh bien! nous sortirons, mais n'espérez pas nous séparer...

RAMOLLOT. — Nous, des chasseurs! on en rirait. Qu'on nous donne notre argent, et nous f... le camp.

L'INSPECTEUR. — Quel argent?

POULARD. — Eh bien! mais... celui de nos places, parbleu! nous n'avons rien entendu.

L'INSPECTEUR. — Ceci ne me regarde pas, adressez-vous au contrôle.

Au contrôle on refuse le remboursement demandé, sous le prétexte assez plausible que ce n'est pas de la faute de la direction si ces messieurs refusent d'occuper leurs places sans gigot.

— C'est d'la canaillerie, s'écrie Ramollot, mais tout en protestant, les chasseurs finissent par sortir.

— Ah! n... de D...! on n'veut pas d'nous au théâtre! eh bien! nous irons tout d'même, et puisque c'est comme ça, allons au Cirque; il y a longtemps que je n'ai vu les chevaux, ça m'amusera.

— Et puis l'odeur des chevaux combattra l'odeur du chevreuil, ajoute Charençon, et il faut espérer que là, on nous f... la paix.

POULARD. — Oui, mais vous me donnez toujours à porter le paquet, ça m'ennuie, quelqu'un devrait le prendre.

Ramollot prend le gigot et on file. Charençon et le colonel sont furieux, leur allure s'en ressent et c'est presque au pas de course que Poulard est obligé de les suivre, mais comme il ne veut pas rater sa part du souper, il tient à ne pas les perdre.

On arrive au Cirque. Les trois chasseurs prennent trois places au premier rang près de la porte, ils s'installent et continuent à couvrir d'insultes ce sale gargotier qui leur cause tant d'ennuis.

A ce moment, un clown présentait un chien savant qui faisait le tour de l'enceinte, les deux pattes de devant sur la balustrade qui sépare les spectateurs de la piste.

Arrivé devant nos héros, et comme Ramollot repassait le gigot à Poulard, le chien flaire le paquet, le happe d'un coup de dent et se sauve avec.

— N... de D...! le gigot, s'écrie Charençon.

D'un bond il enjambe la balustrade et s'élance après le chien.

Le public se figure que c'est une farce, il se tord de rire, applaudit à tout rompre en criant : Bravo, Auguste! Auguste! Auguste!

Le clown s'en mêle, et il fait toute une suite de sauts périlleux autour de Charençon qui court comme un enragé.

— Pas Auguste, répond Ramollot à la foule, c'est Charençon, s'crongnieugnieu!

— Attrape-le, Charençon! glapit Poulard, les yeux hors de la tête.

Alors on trépigne en criant sur l'air des lampions : Cha... ren...çon! Cha...ren...çon!

Enfin la victoire reste au chasseur, mais le public ne trouve pas drôle que ça finisse comme ça ; alors on siffle de toutes parts ; Ramollot, Poulard et Charençon, vexés de l'aventure, sortent avec leur gigot, et dans la rue, on recommence à se demander ce qu'on ferait bien en attendant l'heure du souper.

RAMOLLOT. — Le théâtre est mauvais pour le gigot, n... de D...! j'commence à l'croire. J...-f... de restaurateur, va! nous embête-t-il assez c't'animal avec son machin!

CHARENÇON. — Enfin, il ne faut pas le perdre, promenons-le un peu en attendant, il aimera peut-être mieux ça c'gigot!

RAMOLLOT. — C'est une idée, prenons une voiture, s'crongnieugnieu! il fait beau, allons au Bois, comme ça nous ne serons embêtés par personne.

Cette manière de voir est complètement du goût de Poulard éreinté, qui ne demande pas mieux de se faire trainer un peu pour se reposer. Ils prennent une voiture à l'heure et font le tour du lac, mais en repassant à l'octroi pour rentrer, un commis s'approche de la voiture et demande : Vous n'avez rien à déclarer ?

Ramollot. — Ma foi non.

Le commis. — Mais qu'est-ce qu'il y a dans ce paquet près de monsieur ?

Charençon. — Ça ! oh ! ce n'est rien, c'est un gigot.

Le commis. — Mais vous ne pouvez pas rentrer avec un gigot !

Poulard. — Nous avons bien pu sortir, j'imagine...

Ramollot. — C'est un gigot que nous promenons pour nous amuser.

Le commis. — Oui, mais il ne s'agit pas de plaisanter, veuillez descendre.

Poulard. — C'est positivement ridicule ; en Italie je n'ai jamais vu...

Ramollot. — S'crongnieugnieu ! signifie ! allez donc, cocher, voyez bien...

Le commis. — Cocher, n'avancez pas ! et vous, messieurs, descendez !

Le poste entier entoure la voiture, pas moyen de résister, et ce n'est qu'au bout d'une heure d'explications que, le gigot étant entamé, le chef du poste veut bien reconnaître qu'il n'y a pas là de contrebande et qu'on laisse sortir le paquet sans payer de droits.

Minuit. La digestion est faite, chacun se sent de l'appétit ; on va enfin pouvoir souper avec le chevreuil de cette canaille de restaurateur.

— Cocher ! 23, rue de la Pépinière ! — C'est l'adresse de Charençon.

Poulard. — C'est égal, nous avons été bien embêtés tout de même.

Ramollot. — C'est vrai, mais c'que ça f... puisque nous allons souper avec ; tu vois bien que j'ai eu raison de l'emporter !

Poulard, *se pourlèchant déjà.* — C'est juste ! On est arrivé, chacun descend.

Charençon. — Cocher, que vous doit-on ?

Le cocher. — Nous avons deux heures et demie, ça fait 6 francs 25.

Ramollot. — C'ment ça, 6 francs 25 ? nous avons deux heures à 2 francs...

Le cocher. — Pardon, deux heures et demie à 2 fr. 50, puisque nous avons passé les fortifications.

Poulard. — Mais en Italie on ne paie jamais...

Ramollot, *à Charençon.* — Donnez-lui donc ses 6 fr. 25 à c'n... de D...-là et qu'il nous f... la paix !

Charençon. — Enfin, nous ne nous sommes pas promenés pendant deux heures et demie ; on est resté plus de trois quarts d'heure à l'octroi.

Le cocher. — C'est vrai, mais puisque vous m'avez pris à l'heure...

Poulard. — C'est juste.

Ramollot. — Tais-toi donc, n... de D... ! on n'entend qu'toi, tu nous embêtes. Voyons, Charençon, paie-le donc c'filou-là, et montons.

Le cocher, *recevant son argent.* — Pas plus filou qu'vous, dites donc...

Charençon. — Qu'est-ce qu'il dit ce sale maraudeur ?

Le cocher, *fouettant son cheval.* — Eh ! va donc, espèce de panné !

Ramollot. — Panné ! attends, s'crongnieugnieu !... Ah ! l'j...-f... il a bien fait d'f... le camp ; si j'avais son numéro... !

Charençon. — C'est égal, il nous revient cher le gigot ; enfin, montons. (*Il sonne.*) Allons souper.

Poulard. — Nous ne l'aurons pas volé.

Ramollot. — Oui, mais... et l'gigot !... ah ! n... de D... ! j'l'ai laissé dans la voiture ! ! !

Le Gérant : Genay.

PARIS. — IMPRIMERIE CHARLES BLOT, RUE BLEUE, 7.

L'EXPIATION

Le colonel Ramollot venait à peine de se lever, quand Pinteau lui annonce la visite « d'in pékin qu'il avait des cheveux verts ».

— S'crongnieugnieu! signifie! s'écrie le colonel. Et fort intrigué, il donne immédiatement l'ordre d'introduire ce singulier visiteur.

— Monsieur le colonel, dit en entrant l'homme qui paraissait furieux, je viens vous demander justice.

— Justice! quoi justice, c'que ça veut dire? c'qu'y a encore n... de D...!

— Monsieur, je suis notaire, je me nomme Vesseron, et je demeure à deux pas de la caserne.

— Eh bien! s'crongnieugnieu! c'que vous voulez qu'ça m'f...!

— Je suis marié, monsieur, et en rentrant chez

moi, hier soir, avec un pot de peinture verte pour peindre mes caisses à fleurs, j'ai trouvé un de vos officiers auprès de ma femme.

— Ah! vous... vous êtes cocu pour lors?

— Je n'en sais rien, monsieur, seulement...

— Enfin c'est probable, s'crongnieugnieu! c'qu'il aurait f... là c't'officier, n'était pas v'nud'mander d'vos nouvelles, j'intentionne?

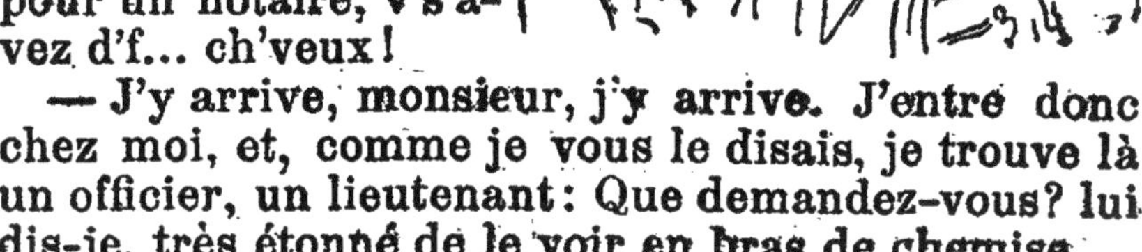

—Monsieur je... permettez-moi de vous raconter les faits; je...

—S'crongnieugnieu! pour un notaire, v's'avez d'f... ch'veux!

— J'y arrive, monsieur, j'y arrive. J'entre donc chez moi, et, comme je vous le disais, je trouve là un officier, un lieutenant: Que demandez-vous? lui dis-je, très étonné de le voir en bras de chemise.

Ce n'est toujours pas vous, b... de couenne! me répond-il.

— V's'auriez bien dû vous en douter, n... de D...!

— Je m'en doutais, en effet, seulement devant la réponse de ce monsieur, vous comprenez que je perds mon sang-froid, je m'emporte, je lui dis que ça ne se passera pas comme ça; alors, pour s'excuser, savez-vous ce qu'il me fait cet officier?

— Y... voyons... dame, y vous enlève le c...

— D'abord, oui monsieur, et comme si ce n'était pas suffisant, il empoigne mon pot de couleur et il me le flanque sur la tête.

— Si encore vous aviez eu vot'e chapeau, s'crongnieugnieu!

— C'est vrai, mais enfin on n'pense pas à tout; bref, monsieur, j'étais dans un état abominable, et cet homme se retire, me laissant seul avec ma femme qui se tordait de rire.

Comment! lui dis-je, tu oses rire, quand je viens de te trouver...

Quoi? me répond-elle, est-ce que je connais seulement ce monsieur! Enfin elle m'affirme qu'il n'y a rien eu; j'aime mieux croire ça, vous le comprenez, seulement avec tout ça j'ai eu beau me débarbouiller, c'est encore assez bien parti sur la figure, mais mes cheveux sont restés verts, et ma femme a horriblement mal au ventre ce matin à force d'avoir ri cette nuit.

Or, monsieur le colonel, j'aime l'armée, je l'adore, mais je n'aime pas ces plaisanteries-là, dans le notariat on n'y est pas habitué. Je me suis renseigné, et je viens vous dire ceci : Cet officier, c'est le lieutenant Bernard, donnez-moi votre parole d'honneur de lui infliger une punition exemplaire, ou sinon, je me connais, je vais me plaindre directement au ministre.

Comme cette affaire présentait une certaine gravité, le colonel Ramollot promet au notaire d'être impitoyable, afin de l'apaiser, et, une fois seul, il fait immédiatement demander Bernard.

— N... de D... ! m'sieu ! m'direz-vous enfin c'que signifie encore cette sale histoire !

— Mon colonel, j'ignore absolument...

— Voyons, lieut'nant, c'que vous m'prenez pour une tourte décidément ! eh bien ! et c'n... de D... d'notaire, comme par lequel vous avez imbibé d'peinture hier soir ?

— Oh ! mon colonel, c'était... c'était une simple plaisanterie.

— Plai... plaisant'rie ! c'ment ça plaisant'rie, s'crongnieugnieu !

Ah çà ! lieut'nant, c'que vous vous f... du monde ? C't'un pékin, n'dis pas l'contraire, s'ment c'est pas une raison pour le peindre en vert parc'qu'il n'aime pas qu'on l'fasse cocu. V's'auriez mieux fait de l'peindre en jaune !

— Mon Dieu, mon colonel c'est dans un moment...

— Oui, j'comprends bien n... de D... ! s'ment il est v'nu s'plaindre c't'animal-là, m'a d'mandé d'vous f... dedans, c't'embêtant ; parlait de s'plaindre au ministre, c'cochon-là ; enfin ! j'ai arrangé l'affaire, s'ment c't'à une condition n... de D... !

— Tout ce que vous voudrez, mon colonel.

— Eh bien ! v's'allez d'abord prendre les arrêts d'rigueur, toute la journée, et c'soir viendrez m'trouver en grande tenue à 9 heures. J'vous dirai c'que vous aurez à faire.

— Oui, mon colonel, à neuf heures je serai ici.

Il faut dire que le colonel a pour filleule la fille de son vieil ami le commandant Vermoulu; elle est charmante, mais sa dot est maigre, et la demoiselle a beau être grasse, on trouve sans doute la compensation insuffisante dans le monde des amoureux, car aucun ne se présente. C'est en vain que, pour caser sa fille, le commandant multiplie ses soirées; c'est avec une égale inutilité que la commandante la traînait dans toutes les réunions, dans toutes les fêtes, qu'elle ne ratait aucune occasion de la produire, rien, toujours rien, c'était désespérant.

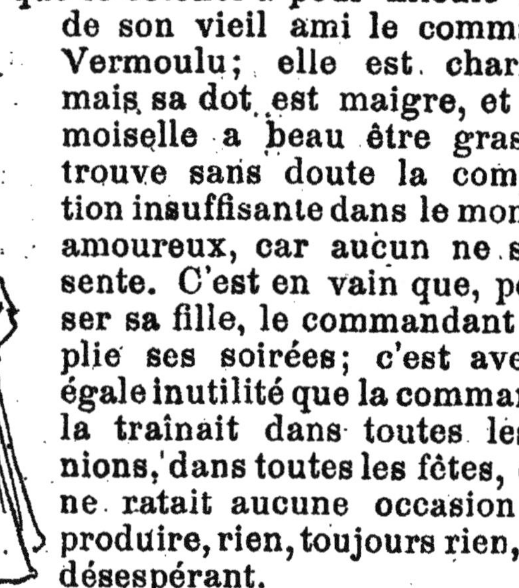

S'crongnieugnieu! disait judicieusement le colonel, s'il se présentait s'ment un j...-f... de prétendant, on en verrait v'nir ensuite une demi-douzaine et on pourrait choisir, mais j't'en f...! personne ne veut commencer.

Ramollot pensait à toutes ces choses au moment où le notaire était venu le trouver, et la situation embarrassée de Bernard lui suggéra l'idée suivante :

Le lieut'nant est bien tourné, il est jeune, beau garçon, d'bonne famille, y n'voudra jamais épouser la fille de Vermoulu, mais j'm'en f... il amorcera les autres.

A neuf heures précises, Bernard arrive :

— Dites-moi, lieut'nant, c'pas tout ça, s'crongnieugnieu! il y a réunion c'soir chez l'commandant et j'vous emmène.

— Vous êtes bien bon, mon colonel, je...

— M'coupez pas, n... de D...! J'vous lève vos arrêts, et pour que c'n... de D... d'notaire nous f... la paix, j'vais lui propager que vous d'viez passer cap'taine, et que j'vous ai fait rayer par le général de d'vision, s'ment c't'à une condition, c'est qu'vous allez faire la cour à la fille du commandant.

— Mais mon colonel, c'est que...

— N'voulez pas l'épouser, eh bien! c'que ça f...!

— Dame, je... je craignais...

— C't'un tort, lieut'nant, c't'un tort, n... de D...!

— Mais c'est que le commandant pourrait trouver mauvais que...

— Ça c'est mon affaire, d'ailleurs écoutez, c't'une idée à moi, c't'entre nous, comprenez: j'désire marier ma filleule, et il faut qu'quelqu'un commence à la courtiser pour attirer les autres. Du reste, j'espère bien qu'ça n'vous embêt'ra pas, Camille est gentille, elle a du lard dans la souricière, tout l'sufficit d'agréable et autre, pas vrai?

— Assurément, mon colonel.

— S'ment, si s'présente un amoureux vous f... le camp, hein, c't'entendu?

— Oui, mon colonel.

Les galanteries empressées de Bernard attirèrent effectivement l'attention des jeunes gens sur Camille, et trois semaines après, un naïf était tombé dans le piège.

Bernard à bout de son expiation avait retrouvé sa liberté, et le colonel, tout fier de son idée lumineuse, vint trouver Vermoulu :

— Eh bien! mon vieux, c'que tu dis d'ça, n... de D...!

— Ah! mon cher, je...

— S'ment écoute : n'suis pas une tourte comme tu vois, faut qu'tu m'laisses terminer l'affaire.

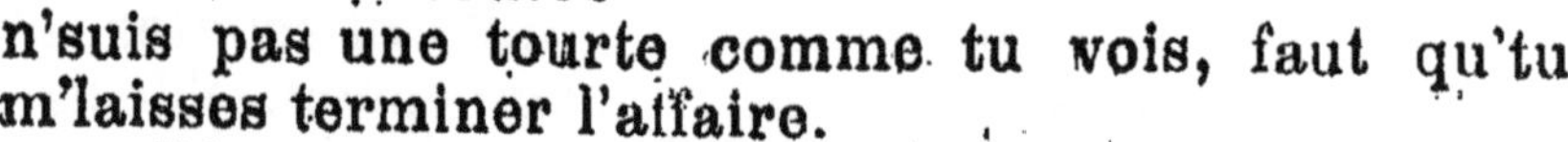

— Dis-moi donc, je voulais simplement te dire

une chose : Camille n'aura pas une grosse dot, c'est vrai, mais c'est que le garçon n'a pas l'air bien riche non plus ; si les parents pouvaient faire un petit sacrifice...

— Sois tranquille, j'vais les trouver et j'leur propagerai la chose.

— Seulement, tu sais, ne sois pas trop exigeant, ils n'auraient qu'à rompre et... ça s'rait embêtant; sois conciliant.

— Mais f...-moi donc la paix, s'crongnieugnieu ! quand j'te dis que j'vais arranger ça !

Et pour arranger ça, le colonel Ramollot se rend aussitôt chez les parents du jeune homme.

Les bonnes gens, bons vieux bourgeois, sont tout étonnés, mais tout fiers, à l'annonce de la visite inattendue d'un homme aussi haut placé, et c'est avec les plus grands égards et avec un véritable orgueil, qu'ils ordonnent d'introduire dans leur salon rococo, ce militaire qu'ils ne connaissent seulement pas, mais qui demande à leur parler.

— Monsieur, vous avez exprimé le désir...

— Fait'ment m'sieu, fectivement !

— Veuillez vous asseoir, je vous prie, monsieur le colonel. Maintenant, nous vous demanderons, ma femme et moi, le motif qui...

— Mon Dieu, m'sieu, c'est bien simple ; c'est pour à seule fin d'la... d'la chose de... de vot'e fils avec ma filleule.

— Ah ! monsieur...

— L'parrain, oui madame. Pour lors, j'voulais

Les bonnes gens sont tout étonnés, mais tout fiers de la visite d'un homme aussi haut placé. (Page 40).

donc vous dire çui-ci : Les enfants s'adorent, c't'évident, s'font un tas d'mines, un tas d'foutaises et autres, ça leur convient, c'est bon, j'm'en f...; s'ment la chose comme par lequel de ma visite, c'est pour à seule fin d'conditions vraisemblablement à la situation d'fortune d'un chacun.

— Quand le cœur parle, il est malheureux d'être forcé...

— Enfin, n... de D...! madame, l'commandant n'peut c'pendant pas exposer sa fille à s'en aller six s'maines après le... l'machin, l'derrière tout nu, les manches pareilles!

— Evidemment, monsieur le colonel; c'est très juste, ma bonne amie, ce que dit monsieur, c'est aux parents à veiller...

— Parbleu! s'crongnieugnieu, c'que j'disais! Ma filleule apporte vingt-cinq mille francs, comprenez qu'a n'peut pas s'f... à entret'nir un n... de D... d'mon sac avec ça; faut que d'son côté l'particulier ait quelque chose.

— Mais, monsieur le colonel, nous en donnerons autant à Robert.

— Maintenant, Camille aura à revenir.

— Et Robert aussi, cher monsieur. Nous avons douze mille livres de rente et nous ne les mangerons pas; il trouvera ça plus tard.

— C'que vous voulez qui f... avec ça! L'commandant est obligé d'tenir son rang, n'peut pas donner davantage, mais vous n... de D...! n'avez pas besoin d'un appartement pareil, pourriez prendre un p'tit log'ment, entrer dans un hospice; on irait vous voir, on vous port'rait du tabac d'temps en temps.

— Comment, monsieur, vous...

— Laisse donc, ma bonne, monsieur plaisante.

— Moi! mais pas du tout.

— Enfin, monsieur, ce n'est pas notre idée, et nous n'irons pas nous dépouiller quand nous avons, mon Dieu, si peu d'années à vivre.

— Madame, je ne dis pas, il est certain qu'elle sera f... d'ici quéque temps, mais c'est qu'vous paraissez encore solide.

— Enfin, monsieur, vous n'allez pas sans doute nous demander de nous suicider pour que votre filleule se goberge avec notre argent?

— Pour lors c'est vot'e dernier mot : vingt-cinq mille francs ?

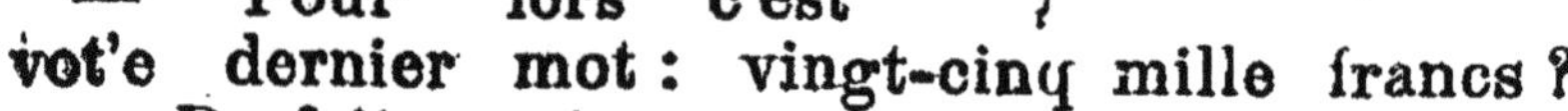

— Parfaitement.

— Eh bien ! vous n'êtes que des j...-f... et vous direz d'ma part à Robert qu'il aille se faire f... !

* * *

Vermoulu était désolé de voir rompre le projet qui l'avait tant charmé, mais le colonel lui a dit : C'que ça peut t'f...? puisque Bernard est là pour amorcer, trouverons autre chose.

Et Bernard, qui se croyait libre, continue effectivement à amorcer en expiation de sa conduite envers le notaire aux cheveux verts.

LE DÉGEL DU COMMANDANT VERMOULU

A l'occasion du jour de Noël, le colonel Ramollot, très préoccupé du réveillon qu'il doit faire en compagnie du major Van-Trouspet et de quelques autres amis, a signé sans trop d'observations les permissions demandées par les hommes. Dans le nombre des heureux permissionnaires, se trouve le sergent Roupoil qui a obtenu ses trois jours, quand il ne comptait guère que sur vingt-quatre heures ; mais le colonel, de bonne humeur sans doute, ou sans y songer peut-être, n'a rien réduit à sa demande.

Par crainte d'un refus total, Roupoil n'a pas prévenu sa famille, afin de ne pas lui donner de fausse joie, mais il part tout heureux, en songeant au plaisir que son arrivée inattendue va causer chez les siens.

Il prend le train jusqu'à Compiègne, mais là, il n'est malheureusement pas encore arrivé, car il est de Saint-Jean-aux-Bois, petit village situé en pleine forêt, et distant d'environ vingt kilomètres de la gare.

En été, c'est charmant Saint-Jean, la route est superbe, c'est une aimable promenade, mais en hiver c'est moins gai, surtout par cette neige abondante qui couvre les chemins.

Roupoil se met bravement en route pourtant, il laisse à droite le village de la Bréviaire, il enfile le chemin des Meuniers, et dans le ciel clair des nuits de belle gelée, il finit par découvrir la silhouette de l'église de Saint-Jean, où on célèbre la messe de minuit. Les dévots et même ceux qui ne le sont pas assistent à l'office, car c'est une distraction dans ce village sans plaisirs qu'une messe et des chants en pleine nuit; et puis on se lève plus tard en hiver, on se reposera, et puis, et puis, c'est que c'est une occasion pour manger, boire et rire un brin en sortant de l'église.

Roupoil frappe donc inutilement au logis paternel, le père et la mère eux aussi sont à la messe, et c'est là qu'il les retrouve.

En apercevant le « fieu », les bons vieux oublient lestement la pieuse cérémonie, et sans en attendre la fin, ils filent joyeusement avec le « gas », sans souci de l'air scandalisé des voisins bien pensants.

Pendant que la bonne femme ravie examine son fils sur toutes les coutures, le bonhomme bourre la grande cheminée à peine éteinte, où brillent par-ci par-là, dans les cendres remuées, de grosses étincelles semblant mourir à regret et les questions se croisent avec les réponses dans un mélange qui serait grotesque s'il n'était touchant. La maman rit et pleure tout à la fois, le vieux tremble un brin, et en un tour de main on dresse un couvert modeste, mais encombré de tout ce que la mère a déniché dans le placard.

— Mé pourquoi qu'tu nous as point dit qu'tu v'nais, j't'aurions fait une bonne soupe, tandis qu'à c't'heure...

— Ça nè fait rien, la mère...

— Mais si, mais si, t'es g'lé, min pauvre ami, proche donc toi du feu, t's'ras toujou un peu mieux.

Roupoil se laisse béatement faire, et il ferait tout aussi bien de ne pas protester, què de le faire àvec une telle modestie, qu'on croirait vraiment qu'il a peur d'être pris au mot.

— T'as évu froid en route, min pauve gas, dis?

— Dans lè n... de D... dè chemin dè fer oui, mais en route, ça allait, en marchant ferme. Du reste, savez, père, le froid, moi, jè m'en f...!

Et en disant ces paroles héroïques, Roupoil étalait consciencieusement ses jambes et ses deux mains devant la flamme abondante et claire du bois qui pétillait joyeusement dans l'âtre flamboyant.

La bonne femme était émerveillée de la vaillance de son fils, un gaillard qui se f... de tout, même de se rôtir la peau pour prouver que... le froid ne le gênait pas.

— Té heureux d'bien supporter ça, toi, mais té jeune, tandis qu'nous, dame, tu sais...!

— Non, tout ça, cè une habitude, reprit gravement Roupoil, vous autres, vous avez jamais què des froids... dè civils, tandis què dans lè métier cè f... pas dè pareil, cè moi qui vous lè dis.

— Enfin, mon gas, quan y fait froid, y fait froid.

— Oui, jè... jè vous l'accorde, mais vous n'avez pas l'habitude d'être gèlé, sans ça vous vous en f... comme pas dè quiconque.

— Mais t'n'as jamais été g'lé, toi!

— Non, pas... pas personnellèment, mais pendant la guerre, j'ai eu un commandant qui l'a été; eh bien! y vit toujours.

— Comment ça?

— Figurez-vous què... què nous étions à... à chose; c'tait en décembre, y g'lait, y g'lait si tant, n... dè D...! què... enfin c'tait vraisemblablement s'trordinaire quoi. Moi, jè m'en f..., même què jè m'éventais avec mon mouchoir, quand voilà lè commandant Vermoulu qui s'autorise dè me dire: S'crongnieugnieu! fait bou...

— Bou...! bou quoi?

— Cè tout cè qui mè dit, même qui tombe complètèment gèlé. On lè rèlève, mais jè t'en f...! On lè transpose à l'hôpital, et lè major y dit: Mè semble què lè commandant y sèrait nétoillié, cè qui dèdans lè métier il est un insigne dè dire què lè particulier est f...

Pour lors on l'installe dans la boite, et la campagne continue. L'année suivante, au mois d'août, la famille réclame lè corps du commandant; on lui expédie la boîte, et en arrivant on l'ouvre pour voir si on s'avait pas f... dèdans. J'étais là, jè regarde, jè dis : N... dè D..., c'est bien lè commandant!

A cè moment, comme y faisait une chaleur què... c'en était vraisemblablement s'trordinaire quoi! voilà lè commandant qui dégèle, qui mè regarde, et qui continue la phrase qu'il avait pas achèvée : ... grement froid, qui mè dit.

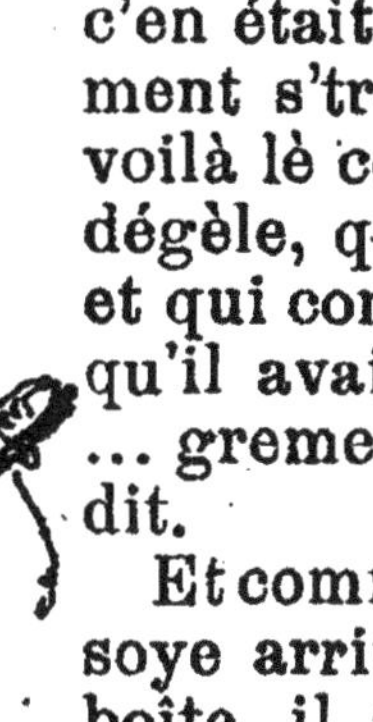

Et comme si què rien y soye arrivé, il sort dè sa boîte, il arrive au quartier, et y f... huit jours au sergent dè planton, qui s'avait occasionné dè lè regarder sans saluer. Voyez bien què cè qu'une habitude à prendre.

Et très satisfait de l'étonnement considérable dans lequel il venait de plonger sa famille, Roupoil se mit à encaisser tranquillement, et de l'air du monde le plus naturel, les provisions de la maman, et la vieille bouteille préparée par le papa.

Le Gérant : GENAY

PARIS. — IMPRIMERIE CHARLES BLOT, RUE BLEUE, 7

LE GILET DE FLANELLE

Aussitôt après le départ de quelques amis qui sont venus lui rendre visite, le colonel Ramollot se met au lit, en compagnie de madame la colonelle. Onze heures; on a soufflé la bougie, nuit complète dans l'appartement.

Au bout de quelques moments de silence :

LUI. — S'moi donc tranquille n... de D...!

ELLE. — .....

LUI. — Mais f...-moi donc la paix! c'que tu m'embêtes?

ELLE. — .....

LUI. — Non, n.. de D...!

ELLE, *furieuse.* — Cochon!

LUI. — C'ment ça, cochon! c't'un peu fort par exemple, c'est toi...

ELLE, *éclatant de colère.* — Où est ton gilet?

LUI. — Gilet! quoi gilet! c'que tu m'f... encore avec mon gilet! faut-y pas maint'nant que j'couche en uniforme!...

ELLE. — Ton gilet de flanelle?

LUI. — Fla... flanelle! gilet... gi... gilet d'flanelle! mais... tiens! c'est vrai, s'crongnieugnieu! c'que j'ai donc f... d'mon gilet?

ELLE. — Oui, tu n'vas sans doute pas me dire qu'il s'est envolé dans la rue, qu'un coup de vent...

LUI. — C'qui t'parle de ça!... cependant, voyons... c'pas toi qui m'l'aurais caché?

ELLE. — Ah çà! décidément, tu me prends donc pour une imbécile?

LUI. — Non, mais enfin c'est qu'c'est vraisemblablement s'trordinaire! Maint'nant, tu sais, la flanelle ça... ça rap'tisse, alors y... y s'pourrait...

ELLE. — Comment donc! qu'il n'en reste plus, n'est-ce pas?

LUI. — Dame!... à... à force de rap'tisser, y s'pourrait tout d'même...

ELLE, *exaspérée.* — Mais n... de D...! on retrouverait au moins les boutons; tu ne vas pas me dire que ça rapetisse aussi, les boutons!

LUI. — Ah!... attends... j'y suis, j'y suis, s'crongnieugnieu! j'n'y pensais plus: j'l'ai sans doute oublié aux bains.

ELLE. — Comment donc! mais c'est certain. Ah! j'aurais dû m'attendre à quelque chose de ce genre-là.

Lui. — Enfin, voyons, c't'idiot, quand j'te dis que j'ai oublié...

Elle. — Laisse-moi donc tranquille... noceur !

Lui. — .....

Elle. — Mais f...-moi donc la paix, tu m'embêtes à la fin !

Lui. — .....

Elle. — J'te dis qu'non, là, entends-tu ?

Au bout de quelques minutes de silence, on n'entend plus que le ronflement sonore des deux époux, et de temps en temps la colonelle qui répète en dormant : Cochon !

Le colonel, réveillé de bonne heure, songe à la disparition de son gilet, et pendant que madame dort encore, il cherche le moyen de sortir de sa fausse situation. S'il descend, elle va le suivre, c'est plus que certain; pas moyen d'envoyer Pinteau faire la commission, il commettrait quelque sottise: comment se tirer de là ?

C'est que la colonelle n'entend pas raillerie sur l'article... gilet de flanelle !

Ramollot ne voit plus qu'une ressource, c'est d'avoir encore recours au lieutenant Bernard. C'est un animal, c'est vrai, c't'embêtant de l'f... dans c't'histoire!... il va encore me tirer des carottes, se dit le colonel, mais il est malin comme un singe, ce n... de D...-là, il n'y a pas à tortiller, j'vais l'faire demander pour affaire de service.

La colonelle se réveille et regarde son mari d'un air furieux :

— Eh bien ! et c'gilet, tu es sûr de l'avoir laissé aux bains?

— Fait'ment, chère amie.

— J'parie qu'tu n'viendrais pas le réclamer avec moi?

— J'te parie qu'si, n... de D...! s'ment pas tout d'suite, faut que j'voie Bernard ce matin, pour à seule fin d'un particulier qu'il a gifflé c'b...-là, et comme tu vois, n'veux pas sortir sans toi, puisque tu l'prends comme ça.

Et sans plus attendre, Ramollot envoie chercher le lieutenant.

On se lève, on déjeune, pas de lieutenant. Madame était goguenarde et monsieur commençait à désespérer, quand vers neuf heures Bernard arriva.

— S'crongnieugnieu ! m'sieu, signifie ? d'puis une heure que j'vous d'mande! c'que vous m'prenez pour une tourte?

— Mon colonel, j'ignorais...

— J'm'en f... n... de D...! c'n'est pas une raison d'fréquenter d'une conduite comme çui-ci, tendez-vous c'que j'vous parle! et quant à c'particulier, m'direz-vous encore que vous ignoriez qu'vous lui avez f... une paire de giffles?

— Une paire...

— Fait'ment n... de D...! j'sais tout, lieut'nânt, tâchez moyen de n'pas essayer de m'f... dedans, signifie encore cette sale histoire?

Et en disant ces paroles, le colonel faisait à Bernard des signes d'une telle éloquence que le lieutenant, habitué aux façons de Ramollot, répondit d'un air embarrassé :

— Mon Dieu! mon colonel, c'est que... je ne puis vraiment... c'est... c'est une affaire qui... entre hommes...

— Bon! j'vois c'que c'est, c'est la colonelle qui vous gêne, pas vrai?

— Non, mon colonel, je...

— Voyons, n... de D ..! v'n'allez sans doute pas m'raconter des cochonn'ries d'vant ma femme, à présent! Entrons dans mon cabinet.

Une fois seul avec Bernard, Ramollot, poussant la porte, mit un doigt sur ses lèvres, et s'approchant du lieutenant, il lui dit à voix basse : Bredouillez n'importe quoi, j'suis sûr que la colonelle écoute à la serrure.

Comprenant à demi-mot, Bernard se mit aussitôt dans la peau de son rôle.

— Eh bien ! m'sieu, j'attends, s'crongnieugnieu ! quand vous voudrez vous décider ?

— Mon colonel, c'est... hou hou... qui... sa femme, alors... comme hi hi, Champs-Elysées, na na, rou rou, avec sa canne.

— C'ment ça n... de D... ! c'que vous m'f... là ?

— Je vous assure, mon colonel, seulement... au, au, di, di, hu, hu, né, né, parapluie... ce qui fait que... ou, ou, ra, ra... paire de giffles.

— N... de D... ! lieut'nant ! j'vous fais mon compliment, c'est encore du propre, n'chang'rez donc jamais pour lors ?

— Ou... ou... qui... qui on... on... mon colonel.

— Possible, lieut'nant, s'ment si j'vous y r'pince, n'vous l'f... pas dans un sac, j'vous f... d'dans comme un fifre, tendez-vous bien c'que j'vous parle, s'crongnieugnieu ! allons, c'est bien, vous pouvez vous retirer.

Pendant cette fausse conversation, le colonel avait écrit sur une note :

Courrez rue du Renard, 18, demanderez Joséphine, direz que vous v'nez chercher mon gilet de flanelle, vous le remettrez aux bains Maures, où j'irai le réclamer tantôt comme l'ayant oublié hier.

Ce soir, à l'absinthe.

La colonelle, flairant quelque supercherie, avait bien effectivement écouté à la porte, mais la colère soutenue du colonel avait fini par la convaincre, et elle ne se doutait guère, en voyant sortir Bernard l'oreille basse, qu'il avait en poche des instructions suffisantes pour tromper sa jalousie.

***

Le capitaine Lorgnegrut étant monté prendre quelques instructions auprès du colonel, puis quelques lettres à écrire, sa barbe à faire, Ramollot trouva moyen d'escamoter la matinée et ce n'est que le tantôt que le couple se dirigea vers l'établissement de bains pour aller réclamer le gilet de flanelle.

Quoiqu'elle eût parié, la colonelle préférait encore perdre son pari, et s'assurer si réellement le colonel avait laissé là son gilet.

Avec son énorme aplomb, Ramollot dit au garçon :

— Dites-moi, s'pèce d'animal, pouviez donc pas m'dire hier en sortant qu'j'oubliais...

— Votre gilet, monsieur le colonel.

— Parbleu, n... de D... ! c'tait donc bien difficile ?

— Je... je croyais que vous n'en vouliez plus...

— C'ment ça, s'crongnieugnieu ! un gilet tout neuf ! c'que vous en avez fait pour lors ?

— Oh ! monsieur, je l'ai serré de suite en attendant, et je l'ai enveloppé dans un journal ; je vais vous le chercher.

Au bout d'une minute, le garçon revint avec un petit paquet, que Ramollot tout fier emporta sous son bras, en disant d'un air railleur à sa femme :

— Eh bien! n... de D...! m'f...-tu la paix maint'nant, b....de teigne!

La colonelle, vaincue, ne disait rien, vexée de ne pas prendre le colonel en faute, et intérieurement satisfaite de s'être trompée; on rentra au logis.

Par un dernier reste de doute, on était à peine arrivé, que madame Ramollot, sans même ôter son chapeau, développa le paquet d'un mouvement rapide, pendant que son mari la considérait d'un air bonasse.

Le gilet y était en effet, oh! il y était, seulement, quand elle le tira du paquet pour l'étendre au jour entre ses deux mains écartées, afin de le bien reconnaître, la colonelle en vit tomber des plis, un énorme bas de femme encore passé dans une jarretière bleue.

Les yeux hors de la tête, la colonelle n'eut pas le temps d'éclater : Ramollot, qui avait vu l'accident, avait cru prudent de s'esquiver raide comme le vent, et une fois dehors, il enfonçait son chapeau avec rage en s'écriant: N... de n... de D...! qué tourte que c'lieut'nant! c'que j'vais l'f... dedans c'cochon-là !...

Lorgnegrut, ses bottines à la main, regrimpait vivement au sixième. (Page 59).

L'AMOUREUX DE LA LUNE

Le capitaine Lorgnegrut, commençant à supporter difficilement la vie de garçon, s'était mis en tête d'en finir et, dans ce but, il fréquentait assidûment la maison d'un bon bourgeois dont la fille était à marier. La situation de fortune était convenable, la petite était assez rondelette, douce, prévenante, malheureusement elle n'était pas jolie, jolie.

Le capitaine ne se faisait pas d'illusions à ce sujet, et ce qui aurait pu les lui enlever, du reste, s'il en avait eu, c'est la différence qui existait entre la jeune fille et la bonne qui, elle, était absolument charmante.

Lorgnegrut est une de ces natures fort sensées, qui trouvent une femme jolie quand elle l'est, quelle que soit sa condition, et, ma foi, sans abandonner ses projets de mariage, en attendant le festin nuptial, il ne craignit pas de s'offrir, avec la bonne, un délicieux apéritif d'amour, se méfiant d'un mauvais dîner.

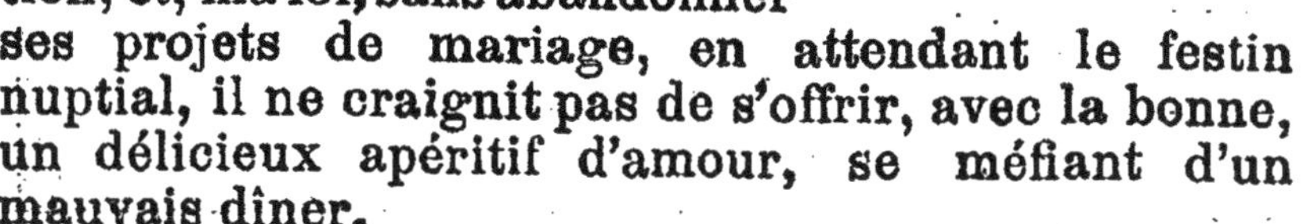

Les choses marchaient gentiment, les parents voyaient la chose d'un bon œil, la fillette était heureuse, la bonne aussi, Lorgnegrut aussi, enfin c'était charmant.

Le soir, vers dix heures, Juliette, la bonne, montait à sa chambre, Lorgnegrut partait vers la même heure et maman belle-mère l'éclairait, lui jetant de la bougie dans le dos les trois quarts du temps, mais sans le vouloir, la pauvre chère femme !

En bas, Lorgnegrut demandait le cordon, puis, sans sortir, il refermait la porte et, ses bottines à la main, il regrimpait vivement au sixième, où il ne restait guère que jusqu'à minuit, car, passé cette heure, cet animal de portier demandait toujours : Qui est là ? Se nommer, ça pouvait faire des histoires et Lorgnegrut était prudent.

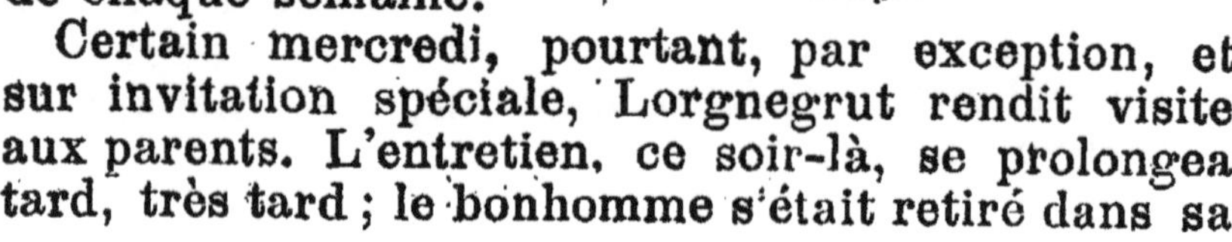

Et les choses se passaient ainsi le lundi et le vendredi de chaque semaine.

Certain mercredi, pourtant, par exception, et sur invitation spéciale, Lorgnegrut rendit visite aux parents. L'entretien, ce soir-là, se prolongea tard, très tard ; le bonhomme s'était retiré dans sa chambre, et la maman, se trouvant seule avec le capitaine, en avait profité pour le retourner dans tous les sens et lui faire jurer sur tous les tons qu'il rendrait Clarisse heureuse.

Lorgnegrut jura toutes sortes de choses et partit enfin. Il était minuit moins un quart.

Il n'eut que le temps de grimper lestement chez Juliette, dont la clef était heureusement restée sur la porte. Il s'approche du lit à tâtons : rien, pas un mot.

Comme elle dort ! se dit-il, et doucement se baissant, guidé par sa main qui touche une chair nue, il dépose un doux baiser sur une surface rondelette, puis, pressé par l'heure, il se retire sans bruit et dégringole les six étages.

Le lendemain soir, il venait de recevoir un congé en règle du papa, quand il se croise avec le colonel Ramollot :

— S'crongnieugnieu ! cap'taine, c'que vous avez donc, n... de D... ! à faire une figure comme çui-ci ?

— Mais rien, mon colonel, je...

— J'vous dis qu'si, cap'taine ; allons, voyons, c'qu'y a encore ?

Pressé de questions, Lorgnegrut finit par conter son aventure au colonel, sans lui avouer, toutefois, qu'il prenait des acomptes sérieux avec la bonne de la maison.

— S'crongnieugnieu ! signifie ! vous n'lui aviez pas f... d'giffes à c't'homme ?

— Jamais ! mon colonel, hier encore nous étions au mieux.

— Ni à la bonne femme ?

— Oh !

— Oui, oui, c'est juste, v's'attendiez que le... l'machin, la... la chose soit dans l'sac, j'comprends ça. Mais voyons, s'crongnieugnieu ! ça n'peut pas s'passer comme ça. On n'se f... pas pareillement d'un off'cier, c'qui m'a encore f... une tourte pareille ?

— Ma foi, je n'y comprends rien. Ecrire à cet homme, il me dira que c'est sa fille qui ne veut plus ; aller le trouver, ça m'embête !

— C't'évident ! s'ment, vous pourriez p'têt'e lui f... une danse...

— Oui... je... je sais bien, mais ça ne serait peut-être pas un bon moyen d'arranger l'affaire.

— Enfin, n... de D... ! n'pouvez c'pendant pas avaler ça comme une fraise, on n'f... en l'air que les j...-f... Pour lors, ça n'vous fait rien que c'vieux polichinelle vous traite de j...-f..., d'après c'que vous dites ?

— Mais pas du tout, mon colonel, seulement, que faire ? je cherche.

— Attendez, cap'taine, j'vais arranger ça : où d'meure-t'y c't'oiseau-là ?

Lorgnegrut en avait dit trop long, il ne pouvait plus reculer, mais quand il entendit le colonel lui promettre « d'arranger l'affaire, » il fut fixé : il la considéra comme perdue ; il s'exécuta néanmoins, et Ramollot, furieux de l'injure faite à un capitaine, se rendit seul immédiatement chez le bourgeois.

— M'sieu, n'me connaissez pas, mais ça n'fait rien, pouvez m'dire la... la chose.

— La... la chose ! quelle chose ? je ne saisis pas...

— Quoi, saisissez pas! c't'y pas vous qui avez mémoré au cap'taine Lorgnegrut d'vous f... la paix avec sa chose d'amour et autres ?

— Parfaitement, oui monsieur, en effet; mais il me semble...

— C't'une erreur, m'sieu, tendez-vous c'que j'vous parle, s'crongnieugnieu! croyez comme ça qu'on f... en l'air un off'cier d'l'armée française !... c'qui m'a f... une tourte pareille, n... de D...! s'pliquez-vous, s'pèce de m'lon, sans ça, j'vous préviens, l'cap'taine vous f... son sabre dans l'ventre, j'vous en f... mon billet.

— Mais enfin, monsieur, qui êtes-vous? je...

— Colonel, m'sieu, colonel Ramollot! et j'n'entends pas que l'capitaine matricule d'agrément vraisemblablement à la... la chose comme çui-ci.

— Mon Dieu! monsieur, je comprends que... ce monsieur ne soit pas satisfait, mais enfin, il y a des circonstances, des... des événements... imprévus, qui peuvent faire changer bien des idées, des projets...

— J'espère que vous d'vez avoir des raisons sérieuses à m'donner, car sans ça, s'crongnieugnieu!...

— J'ai des raisons, en effet, c'est-à-dire que je n'en ai qu'une, mais elle ne manque pas de valeur, je vous l'assure.

— Mais laquelle, n... de D...!

— Voilà, c'est... c'est que c'est excessivement

délicat et pas très commode à dire, et avant de vous la communiquer, je vous demanderai le secret, même envers le capitaine.

— Mais si elle ne vaut rien, vot'e sale raison, car c'est p'têt'e une excuse de mon sac !

— Tenez, monsieur le colonel, vous allez en juger :

Hier, j'avais prié monsieur Lorgnegrut de venir nous voir ; il arrive, nous causons ; une fois tout bien entendu entre nous, je me retire, et il reste avec ma femme...

— Et... hein?

— Oh ! non, pas ça, non, seulement, il faut vous dire que... mon Dieu ! chacun a ses petites faiblesses, n'est-ce pas? je... j'étais monté... donner un... un renseignement à... Juliette, notre bonne ; une fille qui nous coûte cher, alors, vous comprenez...

— Fait'ment ! c't'évident, moi-même... oui, et pour lors ?

— Quand j'entends ouvrir la porte de sa chambre, où j'avais bêtement laissé la clef en dehors.

— Ah ! n... de D... !

— C'était le capitaine.

— F... !

— Oui, monsieur. Entendant ouvrir, moi, sans rien deviner, je me dis : C'est ma femme, elle m'aura guetté, que faire ? et je tire le drap sur ma figure avec un tel mouvement brusque, que je me trouve le derrière au vent. Je ne bronchais pas, quand, tout à coup, je sens qu'on m'embrasse sur... ce que j'avais en l'air, et j'entends sortir le capitaine. J'ai eu alors l'explication de toute l'histoire et les raisons pour lesquelles je ne trouvais jamais la clef sur la porte quand ce monsieur nous rendait visite.

Dans ces conditions, vous comprenez qu'il n'est pas possible...

— C't'évident, n... de D...! s'ment j'vous avoue qu'v'là la première fois qu'j'entends dire qu'un mariage rate, parc'que l'fiancé a embrassé l'derrière de son beau-père.

Maint'nant, pour ménager la susceptibilité du cap'taine, c'que j'lui dirais donc bien, s'crongnieugnieu !

— Mais, dame ! je... je ne sais pas trop, car, de mon côté, je ne voudrais pas qu'il sache...

— Turellement !... mais... mais après tout, j'm'en f... !

Le mariage a été rompu, bien entendu, mais, pour ne pas que Lorgnegrut soit blagué, le colonel dit partout que c'est le beau-père qui lui a..... c'est bien ça, et qu'il n'a pas voulu entrer dans une famille vraisemblablement à çui-ci.

Le Gérant : GENAY.

PARIS. — IMPRIMERIE CHARLES BLOT, RUE BLEUE, 7.

AMOUR ET DÉCONFITURE

Le colonel Ramollot vient de descendre pour promener son chien. Comme ce diable d'animal a la fureur de courir de tous les côtés, et qu'on est des heures à le retrouver, le colonel le tient prudemment en laisse.

Il fait un temps superbe, il y a foule dans les rues, les voitures découvertes circulent en tous sens, et dans l'une d'elles, le colonel aperçoit le lieutenant Bernard.

— S'crongnieugnieu ! s'écrie-t-il, et se mettant à courir, lui et son chien, il appelle de toutes ses forces : Lieut'nant! t'nant!...

Il gagnait du terrain sur la voiture qui filait d'une allure modeste, il allait la rejoindre, sans doute, mais un accident l'arrête dans sa course : la laisse tendue d'un côté par Ramollot, de l'autre par le chien, fait culbuter un petit pâtissier qui trimbalait sur sa tête un gâteau magnifique, lequel va s'écraser sur le gilet d'un vieux monsieur.

Surpris et furieux, le vieux monsieur étend violemment le bras, mais d'une façon si malheureuse qu'il gifle involontairement une dame qui faisait sa poire. Cris, jurons, tumulte, on s'approche, on demande; le petit pâtissier crie tout ce qu'il sait, et demande au colonel l'argent de son gâteau; le vieux monsieur l'argent de son gilet; la dame traite le vieux monsieur de polichinelle, de brigand; bientôt il s'établit deux camps, celui du vieux et de la bonne femme, et celui du colonel avec le marmiton.

Puor avoir la paix, Ramollot paie et file, esquivant ainsi la réclamation du bonhomme au gilet qui continue à se chicaner avec la dame au soufflet, à la grande joie de la galerie.

— N... de n... de n... de D...! braille le colonel une fois loin du lieu de l'accident, quel j...-f... que c't'animal-là! Ah çà! m'f... donc toujours dedans comme un tambour!...

Et il continuait à jurer et à gesticuler au nez des passants surpris, quand il aperçoit venir à lui le capitaine Lorgnegrut qui, c'est comme un fait exprès, ne rate jamais de se trouver là quand il y a quelque chose de désagréable à empocher.

— Ah! vous v'là n... de D...! cap'taine, v'là une heure que j'vous cherche.

— Moi, mon colonel?

— S'crongnieugnieu! quand j'dis que j'vous cherche, c'est c'pendant facile à comprendre, n'vous parle pas d'Ab-el-Kader.

— Oui, je..., c'est vrai, mon colonel.

— Eh bien! pour lors, signifie vot'e sale question?

— Mon colonel, je... je n'avais pas l'intention...

— J'vous dis qu'si n... de D...! et j'n'aime pas ça cap'taine, tendez-vous c'que j'vous parle! V'là qu'il faut maint'nant que j'lui dise... C'pas vot'e affaire! s'ment, n's'rais pas fâché d'savoir enfin comment ça s'fait que l'lieut'nant Bernard s'occasionne de voitures à Paris, après m'avoir demandé huit jours de convalescence qu'il devait passer à Amiens.

— Ah! le... le lieutenant!

— Enfin, n... de D...! quand j'vous dis l'lieut'nant Bernard, n'vous dis pas Mathieu Lansberg, soupçonne!

— Oui, je... c'est juste, mon colonel; Bernard, le lieutenant Bernard, j'y suis.

— C'n'est f... pas malheureux. Eh bien! pourquoi n'est-il pas à Amiens, c't'animal-là, signifie encore c't'histoire-là?

— Mais... je ne sais pas, mon colonel, vous me demandez toujours...

— Parbleu! si j'lui demande à lui m'f... une blague; tandis que vous, cap'taine, savez que j'vous estime et que j'vous ai toujours approvisionné d'confiance et autres, pas vrai?

— Oui, mon colonel, je... je le sais, seulement les histoires de Bernard ne me regardent pas, et je craindrais...

— Enfin, s'crongnieugnieu! comprenez qu'ça m'embête qui m'f... dedans.

— Oh! mon colonel, il n'en a jamais eu l'intention; sans des circonstances toutes spéciales, il ne serait pas encore revenu, car il faut que vous le sachiez, il a été à Amiens comme il vous l'avait dit.

— N'a pas fait d'sale tour, j'espère?

— Oh! mon colonel, il en est incapable, c'est tout simplement une histoire de femme.

— J'm'en doutais, n... de D...! et pour lors...

Tout en causant les deux hommes avaient gagné les boulevards, ils s'étaient installés à la terrasse d'un café, et c'est après avoir demandé l'indulgence du colonel pour Bernard, que Lorgnegrut lui raconta en échange l'aventure suivante, après lui avoir demandé le secret.

A la suite d'un accident de cheval, le lieutenant Bernard avait dû garder le lit pendant une quinzaine, et pendant ce temps, il avait reçu la visite d'un de ses amis qui habitait Amiens.

— Dès que tu te sentiras mieux, lui avait dit cet ami, viens nous voir ; nous sommes grandement installés : tu auras ta chambre, la voiture sera à ta disposition et tu seras certainement mieux qu'ici à l'hôtel ; nous tâcherons, ma femme et moi, de te procurer une convalescence aussi agréable que possible.

Bernard se fait tirer l'oreille pour la forme : il dit qu'il lui faudrait une permission pour quitter Paris, qu'il va causer du dérangement, etc.

L'autre insiste; bref, le lieutenant accepte, et avec l'autorisation du colonel il se rend à Amiens.

Son ami Chablon l'attendait à la gare avec sa voiture et cinq minutes après on entrait dans la petite cour d'un charmant hôtel situé aux environs du Palais de Justice. Madame Chablon jeune attendait le lieutenant dans un petit salon coquet, en compagnie de madame Chablon mère, une vieille bonne femme un peu ratatinée, mais qui avait encore un petit quelque chose dans l'œil de provocant.

Elle avait dû être bien dans le temps cette vieille dame, mais ça ne se voyait plus guère. Quant à la jeune, elle était charmante.

Chablon présente le lieutenant jusqu'alors inconnu aux deux femmes, on cause, on dîne, tout le monde paraît enchanté.

Une fois seul dans sa chambre, Bernard très émoustillé par la gaîté du soir, le voisinage de la jeune madame Chablon, et aussi par une abstinence forcée à laquelle il n'était pas accoutumé, sentit s'éveiller en lui des désirs coupables.

Résister, c'était dur! céder à ses instincts, c'était mesquin et bien mal reconnaître l'hospitalité si largement offerte! que faire?

La présence d'une assez jolie femme de chambre arrangea heureusement tout dans la cervelle du lieutenant, qui, pour échapper aux tentations malhonnêtes et calmer ses tourments, se promit de lui dire deux mots le lendemain.

La jolie fillette n'avait pas été sans remarquer de son côté les avantages de Bernard, et soit hasard, soit calcul, elle se trouva juste à point le lendemain sur le passage de l'officier.

— Ah! ah! jeune fille, vous descendez ; votre... chambre est donc là-haut ?

— Mais oui, monsieur. Au premier, c'est monsieur et madame ; et la grand'maman au deuxième : c'est là où j'ai ma chambre.

— Ah! mais... et le cocher ?

— Oh ! monsieur, ça... ça ne fait rien... c'est le mari de la cuisinière, vous comprenez...

— Oui, allons, à... à ce soir, hein ?

— Oh ! monsieur !

Un bruit de pas coupa court à l'entretien, et Bernard, heureux cette fois, fut d'une gaîté folle tout le jour, il en fut même galant avec la vieille dame qui jubilait d'aise.

La journée se passa joyeusement, rapide pour tous, sauf pour Bernard fort impatient, et quand il se retira le soir, prétextant une légère fatigue, mais en réalité dans l'espoir d'avancer l'heure du coucher de chacun, madame Chablon jeune déclara sans détours et avec une naïve franchise, que Bernard était un garçon charmant.

La maman, plus réservée, se contenta de reconnaître qu'il avait bien de « l'usage », et elle monta se coucher, après avoir lancé à sa belle-fille un œil mauvais.

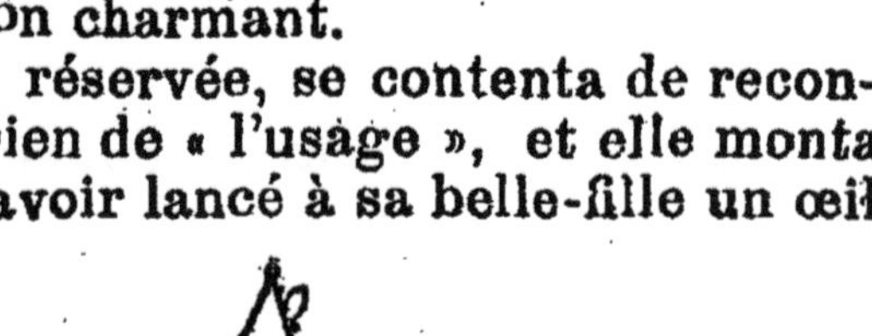

Onze heures. Tout dormait — ou semblait dormir — dans la maison, quand le lieutenant tout guilleret ouvrit doucement la porte de sa chambre. Il gagne

l'escalier à tâtons, il en gravit les degrés, il est au second. Allumer... impossible! s'orienter n'est pas commode; il frôle les murs en sondeur; soudain sa main heurte une clé qui fait toc! dans la serrure, aussitôt une petite voix à peine intelligible dit : Entrez.

Trois heures après, Bernard, plus calme, redescendait avec de nouvelles précautions prendre un repos bien mérité cette fois.

Tout dort dans le petit hôtel.

Six heures du matin. Le lieutenant dormait à poings fermés, quand des cris, des allées et venues et un vacarme d'enfer le réveillent en sursaut.

Il saute du lit en toute hâte, et sort précipitamment pour s'informer des causes de ce remue-ménage inaccoutumé, quand il se croise avec Chablon sur le palier.

— Eh bien! mon vieux, que se passe-t-il donc?

— Ah! mon cher, ne m'en parle pas, une chose incroyable! je viens d'envoyer chercher le médecin.

— Comment! tu... ta femme...

La dame traite le vieux monsieur de polichinelle...
(Page 66).

— Non, c'est ma mère. Figure-toi que ce matin Rosalie entre dans sa chambre pour voir si elle n'a besoin de rien, elle trouve le lit bouleversé, démanché, défait, sens dessus dessous, et la bonne femme sans mouvement.

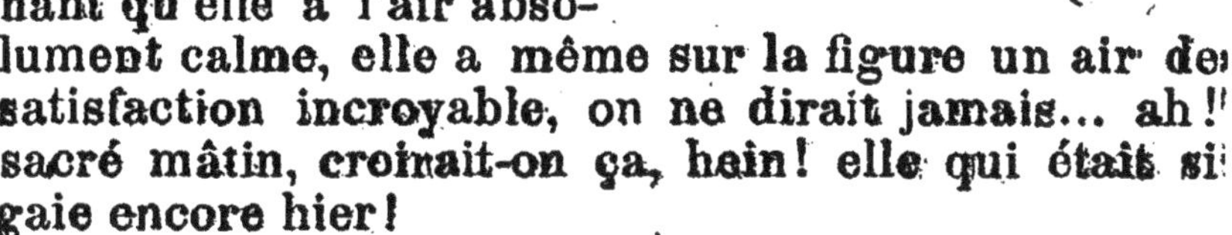

— Pas possible !

— Comme je te le dis ! C'est d'autant plus étonnant qu'elle a l'air absolument calme, elle a même sur la figure un air de satisfaction incroyable, on ne dirait jamais... ah ! sacré mâtin, croirait-on ça, hein ! elle qui était si gaie encore hier !

— C'est extraordinaire en effet. Et... se sent-elle mieux ?

— Mais je ne sais pas moi, elle respire, mais elle ne bouge pas !

— Ce n'est peut-être pas dangereux, il ne faut pas non plus...

— Je l'espère. Mais il y a encore quelque chose qui nous intrigue, ma femme et moi : elle qui n'a jamais d'argent, puisque c'est moi qui lui garde ce qu'elle a, comment se fait-il qu'elle ait un louis dans la main ?...

— Alors, vous comprenez, colonel, Bernard sut à quoi s'en tenir, et deux heures après, avant que la bonne femme fût revenue à elle, il était à la gare, affirmant à son ami qu'il venait de lui arriver une dépêche prescrivant son retour immédiat.

— M'en direz tant! mais aussi vous n'voulez jamais rien dire, cap'taine! S'crongnieugnieu! vous avez tout d'même un f... caractère, conv'nez-en!

Il faisait presque nuit, les deux hommes allaient se retirer, quand le colonel se retourna précipitamment pour ne pas être reconnu : le vieux monsieur au gilet — il en avait un neuf — passait en ce moment, ayant au bras la dame à la gifle, qui lui disait d'un ton câlin : — Dis, mon chien, tu vas m'acheter une ombrelle, hein!... la lune est si forte ce soir!

LES MALHEURS DE LORGNEGRUT

Ce pauvre capitaine n'a décidément pas de chance. Se fourre-t-il dans une affaire? on peut être sûr d'avance qu'elle marchera tout de travers. Rencontre-t-il le colonel? c'est toujours quand il est de mauvaise humeur; et quand un camarade a fait quelque chose de mal, il a beau n'y être pour rien, c'est lui qui attrape les sottises.

C'est pourtant un bien brave homme, c'est ainsi du moins que l'a jugé la colonelle; aussi s'était-elle mis dernièrement dans la tête de le marier, certaine, disait-elle, qu'il rendrait sa femme heureuse.

— Bon garçon, c't'évident, disait le colonel Ramollot, mais il a déjà manqué trente-six fois; enfin, essaye si tu veux, j'm'en f..!

Quelque temps avant que cette idée vînt à madame Ramollot, il y avait eu un mariage dans sa famille. Lorgnegrut — un vieil ami — avait été invité, et c'est avec une veuve qui se trouvait à la cérémonie, que la colonelle avait l'intention d'arranger l'affaire.

A la messe, le capitaine, toujours galant, avait bien manqué de crever l'œil de la belle-mère, en lui donnant de l'eau bénite, — tout ça parce que le colonel l'avait bousculé sans faire attention, — mais à part ce petit accident, la veuve semblait le trouver à son gré. La moitié du chemin était faite, Lorgnegrut, pressenti, avait déclaré qu'il était prêt à faire l'autre moitié, tout semblait donc aller à souhait, et la colonelle pressa les choses.

Les partis n'étaient pas tout à fait inconnus l'un à l'autre; le capitaine fut autorisé à rendre ses visites, la petite veuve l'accueillait avec un plaisir non dissimulé, et l'on était sur le point de fixer une date, lorsqu'un dimanche, deux nièces de la veuve prièrent Lorgnegrut de les emmener dans une fête des environs de Paris.

Ce n'était pas très agréable, mais la petite veuve ayant ajouté d'un air assassin : « Capitaine, vous me donnerez le bras », il n'y avait guère moyen de refuser.

On part. Les deux jeunes filles marchent en avant, la veuve et le capitaine les suivent à courte distance, échangeant de douces pressions de bras ; la foule même leur offre un charme nouveau, car on s'y presse davantage, et on en profite sans avoir de gêne, n'ayant pas eu l'air d'avoir calculé les effets produits.

La petite femme est rose de plaisir, Lorgnegrut est aux anges, et on avance toujours, et toujours de plus en plus pressés : c'est charmant.

Le capitaine est envahi soudain par une inquiétude secrète : il sent en lui des révoltes, des signes d'orage... malencontreux. Il voudrait pour un empire s'esquiver un moment, mais comme ça tombe ! sa compagne joue la peur, dans cette foule incessante; elle se cramponne à son bras, elle se fourre dans lui, elle lui entre dans les chairs.

Lorgnegrut, ravi autant que malheureux, propose d'entrer dans une baraque : ces dames entreront, et pendant qu'il paiera à la caisse, il... avisera à laisser ce qui le gêne au vestiaire.

— Y pensez-vous ! dans cette masse de gens communs qui vont là dedans !

Pas moyen ! et l'orage gronde sourdement, il va éclater ce diable d'orage, c'est immanquable. Lorgnegrut a eu une idée merveilleuse : — Je vous en prie, dit-il, arrêtons-nous un moment, vous êtes meurtrie, on est porté sur cette chaussée ! Arrêtons-nous près de ce tir relativement désert à cause de la parade voisine; d'ailleurs, j'ai une envie folle de casser un œuf à la carabine.

— Allons, puisque vous y tenez ! nous verrons si vous êtes adroit !

— Ah ! enfin, se dit tout bas le capitaine.

Les jeunes filles s'arrêtent, la veuve aussi. Lorgnegrut demande une arme, et il se propose, au moment de la décharge, d'entr'ouvrir la porte aux... inconvénients qui lui tortillent le ventre.

Ces dames entourent le capitaine, la veuve a son menton presque sur son bras, les deux nièces sont presque fourrées dans ses poches, on attend, on guette, Lorgnegrut vise, presse la détente et... rien.

C'est-à-dire si : la cartouche a raté, c'est vrai, mais on a tout de même entendu quelque chose, quelque chose de sérieux.

Lorgnegrut devient rouge comme un coq, mais il reste impassible ; on lui donne une autre arme, le coup part avec un bruit infernal... mais trop tard, hélas ! et l'œuf tombe fracassé.

*
* *

Les trois dames, qui semblaient tant s'amuser tout à l'heure, demandent à revenir à Paris. Vainement Lorgnegrut, plus à l'aise maintenant, essaye-t-il de les retenir. Il fait l'innocent, il cherche à être très gai, mais il réussit mal, et la veuve demande très sérieusement à fuir cette fête stupide.

La foule est pourtant toujours grande, mais le

couple n'éprouve plus ces renfoncements imprévus de tout à l'heure, on se presse moins, on cause même fort peu. La tante de ces demoiselles déclare qu'elle est très fatiguée, et à peine rentrée dans Paris, elle dit qu'elle est malade, qu'elle va prendre une voiture avec ses deux nièces.

— Mais je ne puis vous laisser ainsi, permettez-moi ..

— Non, je vous en prie .. un peu de fatigue, c'est tout.

— La... la chaleur, peut-être ?

— Oui... probablement; allons, voici notre affaire.

Lorgnegrut fait monter la famille en voiture et, fort inquiet, il demande timidement : — Et... quand me permettez-vous d'aller prendre de vos nouvelles ?

— Ma foi... je ne sais pas... je... je crois que je vais partir à la campagne.

— Cré n... de D... ! s'écrie Lorgnegrut une fois seul et regardant filer la voiture, me voilà bien f... maint'nant ! n'pouvais c'pendant pas garder ça jusqu'après la noce.

Le Gérant : Genay

PARIS. — IMPRIMERIE CHARLES BLOT, RUE BLEUE, 7

CAUSERIE MÉDICALE

Premier avril, premiers beaux jours ; l'homme de troupe tout aussi bien que le pékin, « y commence

à sè profusionner du sentiment dè la créature ». L'air est doux, les oiseaux se poursuivent dans un but galant, sous le ciel bleu, et le sergent Roupoil suit leur vol dans les airs avec des yeux tout pleins de langueur.

Il songe à des amours nouvelles, cet homme, et dans sa sorte de rêve il esquisse des sourires béats qui le font ressembler à un chien de mauvaise humeur. Près de lui, assis sur le banc du poste, à la porte de la caserne, le caporal Verdure qui sourit aussi, silencieusement, en pensant canaillement aux appas de madame Flercadet la cantinière. Le caporal se lève de temps en temps ; il rentre dans la cour du quartier, puis au bout d'une minute il vient reprendre sa place.

Ces allées et ces venues fréquentes finissent par intriguer le sergent, qui avait du reste besoin de s'épancher, et qui trouve là un motif pour causer.

— N... dè D... ! caporal, cè què vous f... donc à vous autoriser de ces promenades que jè qualifierai de « plusieurs fois » à chaque estant ?

— Sergent, cé... cé pour mè dégourdir les jambes.

— Pour lors què vous aimeriez mieux chevaucher de beauté, j'émagine, que la chose de garde dont je suis moi-même ici présent.

— Damè... sergent...!

— Oui, jè conçois, Verdure, jè conçois et je vous autorise dè çui-ci, croyez-lè bien, quoiquè supérior, car je suis d'une nature comparable du sentiment comme tout un chacun.

Et pendant que le sergent gardait un moment de silence, l'air pâmé, Verdure se leva précipitamment, fila comme précédemment et revint ensuite occuper sa place sur le banc.

— N... dè D...! c'qui f... donc c't'animal-là? se demanda Roupoil vexé de se voir fausser compagnie au milieu de ses confidences.

Beaucoup plus froissé qu'il ne voulait le laisser paraître, il lui vint alors l'infernale pensée de jouer un tour au caporal.

Verdure, de son côté, se rendait bien compte de son irrévérence, mais vu l'urgence, la nécessité absolue, il n'avait pu rester davantage.

Il revenait doucement, d'un air inconscient, quand le voyant, Roupoil s'écria :

— Mais voyons, n... dè D...! caporal, vos jambes s'engourdissent donc avec la rapidité du cerf dedans les bois?

— Non, sergent, pas tout à fait, seurement cé... cé unè f... affaire.

— Comment ça : une f... affaire ! cè què vous aureriez matriculé de... n'importe ou autres dont il nécessite que j'en ignore?

— Jè... jè comprends pas, sergent.

— Si vous sereriez susceptible du grade comme lequel je suis revêtu, vous comprendriez, n... de D...! Enfin, pour parler le langage qui me mortifie des hommes non gradés, je vous dirai : Quelle est donc cette f... affaire dont vous serchez à m'humilier de secret, sans songer aux distances?

— Permettez, sergent, cé pas pour... pour la chose, et cé pas un sècret; seurement cé... cé à caûse d'in... d'in rhume, quoi !

— C'ment ça, d'un rhume? v'n'avez c'pendant pas l'air...

— Oh! mais cé un rhume qui n'est pas comme tout le monde.

— Enfin, n... de D...! c'qu'il a donc d'particulier, comment l'êtes-vous d'venu ?

— C'est l'hiver dernier...

— N'vous d'mande pas quand, nom de nom, j'vous d'mande comment ?

— Eh bien! voilà, sergent. Jè mè promenais comme tout un chacun, quand tout d'un coup j'aperçois lè colonel Ramollot qui s'en devenait; jè mè rècule pour qui passe, et sans faire attention, en rèculant, jè trébuche au long d'un baquet où qui trempait des têtes de veaux à la porte d'un tripier, et jè tombe assis dèdans.

— Ah! f...!

— Oui, jè me rèlève, cè cochon dè tripier y mè f... encore des sottises cè j...-f...-là, què c'en était vraiment pénible et jè mè retire avec mépris devers cè sale individu.

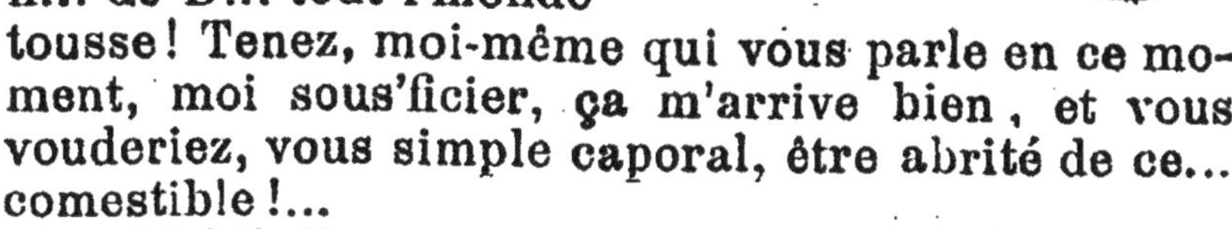

— Et pour lors, c'est c'qui vous a f... c'rhume d'après c'que vous dites?

— Mon Dieu oui, sergent, même què cè b... gênant dè quand je fréquente avec des personnes... d'amiquié et autres.

— Comment ça! mais n... de D... tout l'monde tousse! Tenez, moi-même qui vous parle en ce moment, moi sous'ficier, ça m'arrive bien, et vous vouderiez, vous simple caporal, être abrité de ce... comestible!...

— Ah! jè dis pas ça, sergent, jè...

— Pouviez toujours bien consulter le major Van-Trouspet qui a fait dans le métier, et qui vous aurait favorisé d'ingrédients rétrogrades à l'inconvénient de votre affaire.

— Oui, sergent, comme dè fait, mais... permettez, sergent !

Sans attendre la permission, Verdure qui se tortillait depuis quelques minutes s'éclipsa de nouveau et disparut sous la grande porte de la caserne.

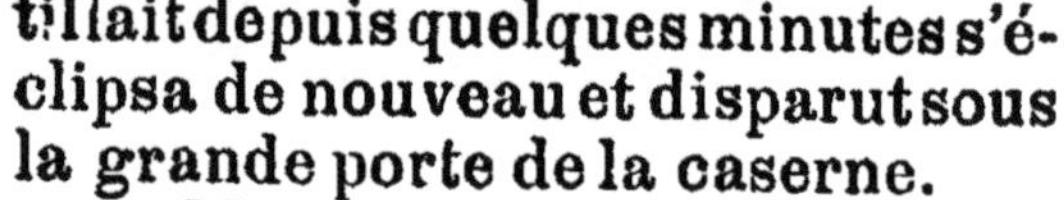

— Mais n... de D...! qu'est-ce qu'il a donc c't'animal-là ! pensa Roupoil.

Le caporal revint presque aussitôt reprendre la conversation en même temps que sa place sur le banc, et il continua :

— Comme dè fait, sergent, seurement cé què cé... cé pas un rhume ordinaire, et... et ça mè gêne dè... dè dire la chose au major, quoi !

— S'pliquez-vous, Verdure, car ça c'mence à m'embêter.

— Eh bien ! voilà, sergent : comprenez, quand on a froid à la tête, on s'enrhume du cerveau, dè pas vrai ?

— C'est d'une évidence qui me semble compatible de vérité ; continuez !

— Quand on a froid à lè estomac, on tousse, pas vrai ?

— Turellement, puisque le... le chose s'agglomère... mais ceci n'est pas à votre portée, et pour lors ?

— Comme cé à mon fond dè culotte què j'ai eu lè rèfroidissement...

— Voyons, n... dè D...! c'n'est pas vot'e pantalon qui est enrhumé ?

— Oh! non, sergent, s'ment cé... cé à la place.

— Comment, comment, caporal, vous êtes enrhumé du... hein ?

— Heu...! oui, sergent, dèpuis cè jour-là jè... enfin à chaque estant, quoi, cè cè qui fait què... permettez, sergent !

Et comme pour donner une preuve de la fréquence des attaques, Verdure disparut une nouvelle fois sous la porte.

Le sergent Roupoil s'était d'abord demandé si Verdure ne se moquait pas de lui, mais voyant son air malheureux et sincère, il n'eut plus de doutes; discuter la question rhume, c'était inutile. Verdure appelait ça un « rhume », il n'en démordrait pas, Roupoil préféra s'en amuser à l'occasion du premier avril, et quand le caporal reparut, il lui dit d'un air convaincu :

— Je comprends la chose, caporal; il est évident que le major Van-Trouspet aurait trouvé votre cas extraordinaire ; d'ailleurs, il ne connaît pas tout cet homme, tandis que moi qui vous parle, je vous f... mon billet que j'ai guéri plus d'un camarade qu'il n'aurait pas su.

— Vraiment, sergent !

— Si je vous profile cet avis, caporal, c'est que j'en suis susceptible.

— Mais cè què vous poureriez des fois... pour mon...

— Pourquoi pas, n... de D...! la science, sachez-le, caporal, c'est le devoir de tous envers un chacun dont il sollicite, quand il s'en montre digne par quelque politesse.

— Ah! sergent, si vous me guèrirreriez dè cè cochon dè...

— Je l'espère, caporal, mais si je vous conseille ici présent, c'est moins pour dîner ensemble, comme vous semblez y tenir, que pour la satisfaction de... naturellement. Mais d'abord, s'pliquez-vous avec l'énergie de... la vérité, ou sinon, jè nè réponds de rien.

— Eh bien ! voilà, sergent : jè... tousse fréquentes fois, quoi, et, par moments, y mè prend des quintes què c'en est vraiment humiliant.

— C'est tout? bon ! Eh bien ! pour lors... av'vous d'l'argent?

— J'ai dix-sept francs, sergent, répondit Verdure sur un ton de millionnaire.

— Bien ; ce sera plus que suffisant pour la chose, y compris le dîner et le théâtre ; écoutez-moi bien : Raisonnons d'abord le... le cas singulier dont vous vous flattez, à tort, croyez-moi, même que vous ferez mieux de n'en parler à personne, ni du théâtre non plus, dont je consens de vous accompagner... après dîner.

— Oui, sergent.

— Qu'avez-vous fait jusqu'ici, pour soigner l'inconvénient dont vous dites ?

— Dame ! rien, sergent ; quand on est enrhumé, on tousse, seurement comme moi cè... à l'envers, jè...

— J'entends, caporal, n'infectionnez pas votre s'périor sous prétexte du cigare dont... dont vous m'avez parlé, écoutez plutôt celui-ci :

Quand on tousse, tout un chacun vous le dira, on s'honore de tisane, de foulard et de boules de gomme, pas vrai?

— Oui, sergent, seurement cè pas un rhume...

— Je le sais f... bien, caporal, mais raisonnons, n... de D... ! tout est là.

Vous, c'est un rhume d'un autre genre, à une autre place, eh bien ! c'est simple comme tout : prenez aussi de la tisane, seulement buvez-moi ça avec un clyso, vu l'endroit.

— Ah ! vous...

— Mais naturellement, n... de D... ! ensuite, prenez une boule de gomme...

— Toujours au... au même endroit?

— Bien entendu. Maintenant, avez-vous un foulard ?

— Oui, sergent.

— Eh bien ! vous le mettrez par-dessus, pour éviter les courants d'air, et d'ici huit jours, vous m'en donnerez des nouvelles, c'est moi qui vous le dis, m'entendez, caporal ?

Le caporal n'avait pas l'air absolument convaincu, cependant, comme il avait « *promis* » des cigares au sergent, comme il l'avait « *invité* » à diner, qu'il l'avait « *prié* » de l'accompagner au théâtre, Roupoil s'amusa beaucoup le 1er avril.

Quant à Verdure... ma foi, je ne saurais vous dire au juste s'il est encore enrhumé ; si je l'apprends, je vous en ferai part.

Jè trébuche au long d'un baquet où qui trempait des têtes de veaux et jè tombe assis dèdans. (Page 84).

ÉPREUVES CONTRADICTOIRES

A la suite d'une nouvelle fredaine du colonel Ramollot, il y a de la brouille dans le ménage, madame est furieuse :

— Tu sais, Emile, je t'ai déjà prévenu, mais c'est la dernière fois, je commence à en avoir assez.

— Mais, chère amie, c't'une erreur, n... de D... ! tu t'imagines toujours...

— Comment! je te vois monter en voiture avec une drôlesse, tu me rentres à trois heures du matin empoisonnant le musc; je trouve ta lettre de rendez-vous dans ta poche avec des gants de femme et un tire-bouton le lendemain matin, et tu as le toupet de me soutenir que tu as dîné chez Vermoulu!

— Enfin, n... de D... ! quand j'te dis...

— Laisse-moi tranquille, avec ton Vermoulu! encore un joli cadet l'commandant; vous êtes propres tous les deux!

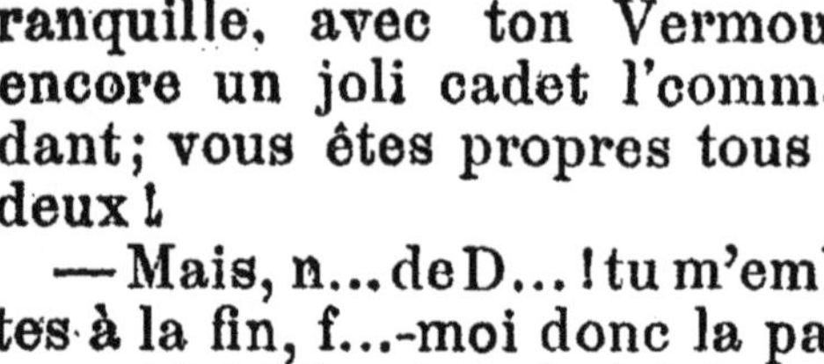

—Mais, n...deD...!tu m'embêtes à la fin, f...-moi donc la paix!

— Ah! j't'embête! ah! tu veux que je te f... la paix! eh bien! j'te la f..., oui, seulement, j'te f'rai cocu.

— C'ment ça, s'crongnieugnieu! n'dis donc pas d'bêtises, hein! entends-tu c'que j'te parle. Cocu!...

—Ah çà! dis donc, est-ce que tu t'imagines que j'endurerai que tu ronfles à côté de moi comme un sabot, tandis qu'ailleurs tu te démancheras le tempérament à...

— Mais, n...de D...! est-elle bête, cette femme-là!

—C'est possible, mais tu sais, je te tiendrai parole, tu peux y compter.

Et la colonelle, plus furieuse que jamais, referme violemment la porte, pendant que Ramollot, tout penaud, se sent réellement soulagé en se trouvant seul.

***

La colonelle n'est plus dans toute la fleur de la jeunesse, c'est certain, mais elle est encore belle femme, quoique un peu forte. On ne la poursuit pas avec acharnement, personne ne lui fait une cour assidue, c'est vrai, mais il ne faut qu'une occasion, un hasard peut-être, on ne sait pas, se dit Ramollot, elle est montée, elle est capable de tout, cette n... de D...-là!

Et dame, il cherche le moyen de raccommoder son affaire.

De son côté, la colonelle satisfaite d'avoir bien crié, est devenue plus calme. Quant à tromper le colonel, elle n'y a pas songé un seul instant, la pauvre chère dame, mais elle est enchantée de sa menace, et elle se promet, pour toute vengeance, de rechercher, de provoquer même au besoin, les occasions de lui donner de l'inquiétude à ce sujet.

Huit jours se sont passés, la paix semble revenue dans le ménage, mais, sans colère cependant, la colonelle dit de temps en temps à son mari : Tu sais, je te repincerai !

Et pour repincer le coupable, elle se met en tête de lui écrire et de lui donner rendez-vous sous un nom d'inconnue.

Mais allez donc écrire une lettre d'amour quand on n'en a pas l'habitude !

Le poulet de la colonelle est sec comme un coup de trique, par-ci par-là il y a bien un mot gentil, mais ça manque de cachet.

Ramollot reçoit le billet par la poste, l'écriture est déguisée, mais ce rendez-vous lui semble louche.

— C'est pas ça, s'crongnieugnieu ! se dit-il, pas naturel c'machin-là !... c'qui m'a f... une lettre pareille ? Et puis, est-ce qu'on donne rendez-vous à un homme comme lequel j'm'en flatte en disant qu'on m'honorera d'la chose. On m'implore, s'crongnieugnieu ! signifie cette foutaise ?

S'crongnieugnieu ! j'parie qu'c'est un piège de ma femme !...

Attends un peu, n... de D... !

Le jour même, Ramollot annonce à la colonelle qu'il est obligé de sortir le lendemain soir. Un éclair brille dans les yeux de la pauvre femme, et c'est avec une colère contenue qu'elle lui répond :

— Eh bien ! sors, que veux-tu que ça me fasse ?

Toute nerveuse, elle se retire ; le colonel est fixé.

— J'en étais sûr, s'crongnieugnieu ! Ah ! mais, c'est qu'on n'me f... pas d'dans moi, n'suis pas un p'tit enfant. S'ment elle va sauter sur la première occasion, faut que j'lui f... une leçon, n... de D... !

Et sans perdre de temps, il écrit une lettre d'amour à sa femme, en lui donnant rendez-vous, lui aussi, pour le lendemain soir.

Au reçu de la déclaration qui lui est adressée, la colonelle entre d'abord dans une colère atroce, elle va pour montrer la lettre à son mari, mais elle se ravise tout d'un coup.

Le soir des deux rendez-vous, Ramollot goguenard fait des manières, il hésite :

— N... de D... ! bien envie d'rester ici, c'que tu en dis ?

— Mais sors donc, mon ami, tu as affaire, il faut y aller.

— C'que tu vas f... toute seule, tu vas t'embêter ?

— Oh !... ne t'inquiète pas de moi, je t'en prie !

— C'est que je ne peux pas t'emmener, tu comprends ; réunion d'hommes, rien que des hommes.

— Oh ! je le pense bien !... Enfin, sors, voyons, décide-toi, qu'est-ce que tu attends ? Du reste, moi aussi j'ai à sortir.

— Tiens ! mais... où vas-tu donc ?

— Chez ma couturière.

Et sans attendre davantage, la colonelle, intérieurement furieuse, met son chapeau, ses gants et sort la première :

— Adieu, amuse-toi bien, dit-elle en disparaissant.

— Parbleu ! se dit le colonel, elle va à son rendez-vous, c'te n... de D...-là ! n'perd pas d'temps, c'est pour neuf heures et il n'en est que huit.

— Ah ! l'animal ! se dit de son côté la colonelle, le temps de voir l'imbécile qui m'a écrit et de lui flanquer ma main sur la figure, et ensuite je vais te retrouver. C'est pour dix heures, j'aurai le temps d'arriver ; ah ! je vais t'arranger !...

A huit heures un quart, madame Ramollot est au rendez-vous. La rue est assez déserte, mais peu lui importe. Le colonel qui sait qu'elle n'aurait pas osé entrer dans un restaurant ou dans un hôtel sans savoir quel individu serait là, lui a indiqué dans sa lettre, qu'il l'attendrait sur le trottoir, entre le n° 10 et le n° 12, à neuf heures sonnant à l'église voisine.

La colonelle examine l'endroit et elle remarque que le premier étage du n° 12 est à louer.

Sans perdre une minute elle entre chez le concierge, et, un quart d'heure après, elle était installée dans l'appartement vide en compagnie d'un seau d'eau.

Neuf heures. La colonelle a eu bien garde de se montrer à la fenêtre, mais le dernier coup finit à peine de tinter, qu'on entend des pas d'homme sur le trottoir de la rue sombre et déserte. Elle ouvre la persienne avec précaution, et quand le monsieur passe dessous : v'lan! d'une main vigoureuse elle lui lance l'eau du seau sur la tête.

— Ah ! je t'en donnerai des rendez-vous, espèce d'animal ! Maintenant, à l'autre !

Le colonel aspergé d'une aussi copieuse façon, craignant le ridicule, file au plus vite non sans pousser d'épouvantables n... de D... ! Dans cette rue déserte, à qui s'adresser? et puis rester trempé pendant une heure, aller chez le commissaire, il préfère rentrer chez lui au plus vite, et il grimpe dans la première voiture qu'il trouve en route.

Après avoir généreusement gratifié le concierge, la colonelle, satisfaite, se rend au rendez-vous donné à son mari.

Elle est en avance d'une demi-heure, mais elle craint, en venant à l'heure juste, d'avoir été devancée; elle flâne aux devantures, elle va, vient, retourne et revient, enfin dix heures sonnent.

Sa colère fait place à une inquiétude terrible.

S'il vient, le monstre, que fera-t-elle? Elle sent qu'elle n'osera rien lui dire là, elle regrette son stratagème malhonnête, elle voudrait reprendre sa lettre maintenant.

C'est de sa faute s'il est coureur, elle manque parfois de douceur avec le colonel. Pauvre ami!

Dix heures et demie, personne! il ne viendra plus maintenant, c'est évident, et toute heureuse, elle rentre en courant. Il n'est pas venu! elle le trouve bon, elle oublie le passé; quand il rentrera, elle lui dira tout.

— S'crongnieugnieu ! d'où viens-tu à c't'heure-ci, c'que tu t'f... du monde !

— Mon bon ami, pardonne-moi, je vais tout t'avouer. Tiens ! mais qu'est-ce que tu as donc?...

— J'ai... j'ai, n.. de D...! que j'suis encore trempé : une sacrée n... de D... d'poison m'a f... un seau d'eau sur la tête, en m'rendant à c'te réunion comme lequel...

— Comment! mais où donc?

— C'que ça peut t'f..., n... de D... ! mais toi, s'crongnieugnieu ! d'où viens-tu, c'que t'as à me r'garder avec tes yeux d'mouchard?

— Pardonne-moi, mon gros chéri, je viens de... de ton rendez-vous !

— D'mon... hein! quoi rendez-vous, ç'que tu dis?

— Ta lettre, tu sais bien... eh bien! elle était de moi, je voulais voir...

— Quand j'te dis qu'je m'f... des rendez-vous, l'croiras-tu maint'nant?

— Et quand je pense que c'est moi qui...

— Qui quoi...?

— Qui t'ai jeté le seau d'eau sur...

— Comment ça ! Ah çà! tu vas donc aux rendez-vous qu'on t'donne?

— Oui, mais tu vois pour quoi faire !

— Ah bien ! n... de D... ! tu sais, t'aurais mieux fait d'rester ici.

La confiance est revenue dans le ménage, Ramollot en abuse, et il dit parfois, le brigand, et sans remords encore : C'qu'on les f... d'dans les honnêtes femmes!...

Le Gérant : GENAY.

PARIS. — IMPRIMERIE CHARLES BLOT, RUE BLEUE, 7.

LA CARTE FORCÉE

Ce jour-là, madame Ramollot devait aller à Soissons, pour souhaiter la fête de sa vieille tante Marthe. Dans le principe, le colonel devait l'accompagner et il avait été entendu qu'on ne rentrerait à Paris que le lendemain.

Vers trois heures, tout était prêt, on allait partir à la gare, quand le colonel, qui semblait du reste peu pressé, reçut une dépêche : Un vieil ami qui revenait d'Afrique et qui l'attendait à dîner le soir même.

— N... de D... ! ma fille, comment faire?

— Eh bien ! réponds-lui à cet ami que tu iras demain.

— Pas possible, s'crongnieugnieu ! m'attend, tu comprends !

— Ma tante aussi nous attend.

— Ta tante, ta tante, m'en f... moi d'ta tante,

s'f... d'moi aussi, c't'évident; s'tu veux que j'fasse

à Soissons d'main toute la journée? j'm'embêt'rai. Si... si tu lui envoyais une dépêche ?

— A propos de quoi ?

— Dame... si nous n'y allons pas.

— Reste si tu veux, c'est déjà bien assez ridicule, mais de toute façon je tiens à y aller.

— Ah ! tu... c'est dommage, s'crongnieugnieu ! tu s'rais v'nue avec moi.

— Mais je ne le connais pas, moi, ton ami !

— Hé ! c'que ça f..., n... de D... ! c't'un garçon charmant; enfin j'n'insiste pas.

Enfin, on décide que la colonelle ira seule chez la tante, qu'elle excusera le colonel, qu'il ira la voir une autre fois, et Ramollot, pressé de voir son vieil ami, ira dîner avec lui le soir même.

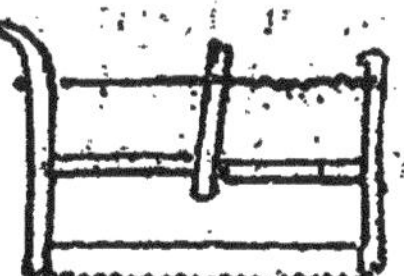

Une fois seul, le colonel respire plus librement :

— S'crongnieugnieu ! j'ai cru qu'elle ne partirait jamais, cette n... de D...-là ! sans compter qu'si elle avait su. . s'ment, une autre fois, j'f... ma dépêche de meilleure heure, car il n'était qu'temps qu'elle arrive, et j'vous d'mande un peu c'que j'aurais pu dire...?

Ainsi qu'on le devine aisément, le colonel avait arrêté depuis longtemps le projet de rester seul à Paris ce jour-là, mais pour ne pas donner l'éveil à sa femme, méfiante avec raison, il n'en avait rien laissé paraître, attendant le dernier moment pour esquiver le voyage.

Il y avait bien effectivement un ami dans l'affaire, ainsi que l'avait dit le colonel, mais ce qu'il n'avait pas ajouté, c'est que c'était un vieux farceur, chez lequel on avait organisé d'avance une petite partie à quatre pour le soir même.

Les quatre personnages n'étaient autres que l'amphitryon, le colonel et leurs deux dernières conquêtes.

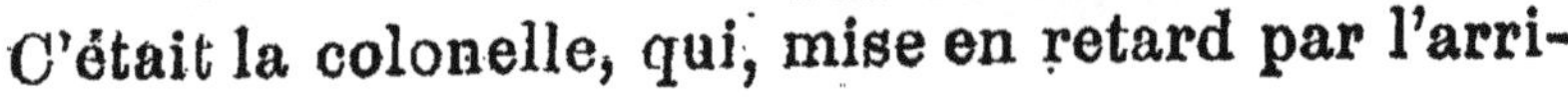

Délivré de la corvée de Soissons, Ramollot fit un bout de toilette plus soignée, et une heure plus tard, il sautait en voiture, sans entendre des p'sitt! réitérés, lancés pourtant à son adresse.

C'était la colonelle, qui, mise en retard par l'arrivée de la dépêche, avait manqué le train, et s'empressait de revenir pour aller dîner avec son mari, ainsi qu'il avait paru le désirer précédemment.

La cuisinière avait eu sa soirée, rien de prêt pour le soir, que faire? Ma foi, la colonelle prit une résolution rapide, elle monte à son tour dans une voiture, ordonnant au cocher de suivre la voiture où elle a vu monter le colonel et qu'on aperçoit encore de loin.

Par le fait de sa légère avance, le colonel Ramollot arrive le premier :

— Eh bien! mon vieux Bidois, ça y est, et les princesses?

— Dame, tu vois, personne encore, mais elles ne vont pas tarder, je pense. Et... et ta femme?

— Ah! mon cher, ça n'a pas fait un pli, partie comme du chien! oh! j'connais mon affaire, on n'me f... pas d'dans, j'la connais dans les coins, tu comprends.

— Ah! ce vieux farceur!

— C'qui a fini d'la convaincre, c'est que j'lui disais : Tu d'vrais v'nir avec moi, pour lors...

— Oui, c'est évident, seulement ça aurait été

embêtant tout d'même. Tiens... on sonne, ce sont sans doute ces dames.

— Une dépêche, monsieur, dit la bonne en entrant.

— Voyons... Ah! n... de D...! Rosalie qui ne peut pas venir, son vieux qui lui tombe sur le d. s!

— Ah f...! c'est embêtant! Pourlors... pourvu que Joséphine ne manque pas, pour un jour que j'suis libre...!

— Ah! n... de n... d'un chien! alors moi je vais rester là à vous regarder, ça va être gai!

Pendant que Ramollot se tordait de rire de la déconfiture de son vieux Bidois d'ami, une autre scène se passait en bas.

Après avoir attendu un temps invraisemblable que le cocher lui rende sa monnaie, la colonelle était entrée chez le concierge :

— Dites-moi, monsieur, la personne qui vient d'arriver il y a quelques minutes, un monsieur..

— En voiture?

— Oui, pouvez-vous me dire chez qui ce monsieur est monté?

— Chez m'sieu Bidois.

— Bidois, bien; à quel étage, s'il vous plait ?

— L'étage! vous... vous voulez y monter?

— Enfin, je vous demande l'étage, c'est que je veux y aller, naturellement.

— Au troisième, à gauche.

Et comme elle refermait la porte de la loge, elle entendit le concierge dire à sa femme : A c't'âge-là! en v'là une enragée!

Ne comprenant rien à ces paroles, elle se dirigea vers l'escalier.

*
* *

Le colonel n'était pas encore remis de sa gaieté, uand on entendit sonner de nouveau.

— Monsieur, c'est une grosse dame qui demande monsieur le colonel Ramollot.

— C'ment ça, une grosse dame, c'que vous m'f... là? Joséphine est grosse comme rien, n... de D... !

— Enfin, monsieur, je ne sais pas, moi, celle-là a l'air d'un potiron.

— C'est bien, c'est bien, faites entrer.

— Ah ! n... de D...! c'ment te v'là?

— Mais dame, mon ami... Pardon, monsieur, je...

— Ma femme, mon vieux; mon ami Bidois, ancien c'mandant, retour d'Afrique. Enfin, c'ment ça s'fait... ?

— Eh! j'ai manqué le train, parbleu! Je t'ai vu

partir de loin comme je revenais, j'ai pris une voiture et me voilà : tu m'avais dit que monsieur......

— Mais certainement, madame, et je suis très heureux et très charmé de vouloir bien nous tenir compagnie. J'espérais votre visite, du reste, et votre couvert était mis d'avance, ainsi que vous pouvez vous en assurer.

En disant qu'il était heureux et charmé, Bidois appuyait malicieusement sur les mots, pendant que le colonel, furieux, lui lançait des yeux sauvages.

— Mais, n... de D...! c't'idiot; c'que va dire ta tante?

Nouveau coup de sonnette. Cette fois, Bidois sort pour sauver la situation, car c'est probablement Joséphine.

La colonelle a jeté son manteau et son chapeau sur un canapé, s'étonnant de ne trouver personne pour la débarrasser, pendant que le colonel, furieux, se promène dans le salon, répétant avec rage : N... de D. . ! c't'insupportable! dégoûtant, s'crongnieugnieu!

— Quoi! qu'est-ce que tu as, je te gêne?

— Pas du tout, chère amie, s'ment, n... de n... de D...! va, que l'diable t'enlève!

— Comment, qu'il m'enlève?

— Mais c't'à cause de ta tante que j'dis ça, s'crongnieugnieu! si tu y filais après dîner? c'te pauv'e femme!

— Hein! comment, après dîner! Ah çà! mais qu'est-ce que tu m'embêtes? tout ça ne serait pas arrivé si tu...

— Eh! f...-moi donc la paix, n... de D... avec ta

tourte de tante! j'm'en f... d'ta tante, j'm'en contre-f...! entends-tu c'que j'te parle?

— Eh bien! alors, pourquoi tiens-tu tant que ça à ce que j'y aille après dîner...?

La discussion fut heureusement interrompue par l'entrée de Joséphine que Bidois présenta comme maîtresse de la maison.

— Pardon, chère madame, de vous avoir fait attendre, mais je viens de chez ma mère qui m'a retenue fort tard : prenez donc ce fauteuil, je vous prie.

Colonel, c'est fort aimable à vous de nous avoir amené madame, mon mari n'espérait pas une pareille bonne fortune...

*
* *

De sombre qu'il était quelques instants avant, Bidois était devenu d'une humeur charmante, d'une galanterie parfaite pour la colonelle en même temps que d'une tendresse et d'une amabilité rares avec « sa femme ».

Par contre, Ramollot faisait une figure épouvantable; Joséphine, entrée complètement dans la peau de son rôle, appelait Bidois « mon chéri » pendant que Bidois, goguenard, disait au colonel :

— Eh bien! voyons, mon vieux, ça ne va donc pas, tu as l'air contrarié, ce soir?

Joséphine, une drôlesse absolument charmante,

La colonelle monte à son tour dans une voiture, ordonnant au cocher de suivre celle du colonel. (Page 100).

du reste, s'amusait comme une folle de la situation, ayant cette bonne excuse qu'elle ne pouvait faire autrement pour sauver les apparences. Malgré sa mauvaise humeur, Ramollot ne voulait pas quitter la place; il voulait jouer aux cartes, pour retarder d'autant la bonne fortune inespérée de Bidois; il fallut que la colonelle l'arrachât pour ainsi dire de force, ce qui lui valut une scène atroce tout le long du chemin.

Sans compter qu'elle n'était pas déjà si contente, car, en sortant de la maison, elle avait entendu quelqu'un qui disait : « C'était pour ce vieux-là, la grosse. »

Quant à Bidois et à Joséphine..... enfin, mettez-vous à leur place!

EN WAGON

Le colonel Ramollot revient de Poitiers. Comme il est fatigué de sa journée, son premier soin est de chercher un compartiment libre où il puisse dormir à l'aise; il est déjà tard, et c'est ce qu'il pense faire de mieux pour tromper l'ennui du voyage.

Il y a du monde partout, peu ou beaucoup, il ne trouve qu'un seul wagon inoccupé, il y monte, il s'installe, et pour que personne ne vienne le déranger, il se met à la portière, en prenant sa figure peu engageante des mauvais jours.

Les voyageurs passaient sans songer à le troubler, lorsqu'un employé arrive, regarde le colonel d'un air ahuri et lui demande :

— Que faites-vous là, monieur?

— Mais, n... de D...! n'fais pas des confitures soupçonne, j'attends qu'on parte.

— Mais, monsieur, vous ne pouvez pas rester là!

— L'pense f... bien, allons f... le camp j'imagine.

— Non, mais...

— C'ment ça, n... de D...! on n'partira pas?

— Si monsieur, mais...

— Eh bien! pour lors, c'que vous racontez?

— Je dis, monsieur, que vous ne pouvez pas rester dans ce wagon.

— Hein! c'ment ça, s'crongnieugnieu! puisque j'ai...

— C'est le wagon des *dames seules*, voyez la plaque.

— Eh bien! c'que ça m'f...! n'les gêne pas, j'soupçonne, puisqu'il n'y en a pas.

— C'est vrai, monsieur, mais le règlement interdit...

— C't'idiot, s'crongnieugnieu! r'tirez la plaque et f...-la ailleurs!

Enfin, après bien des explications, le colonel finit par descendre et au moment du départ, l'employé arrive à le faire monter dans un compartiment occupé par une dame, une dame toute seule.

— N... de D...! c't'idiot! se dit le colonel, n'aurait pas pu f... sa sale plaque au wagon d'cette dame, et m'f... la paix dans mon machin c'te tourte-là!

Il se disposait à proposer cette combinaison à l'employé, mais il était trop tard ; on partait.

S'crongnieugnieu! s'écria Ramollot furieux, serrant avec rage ses bagages dans le filet; et dans sa mauvaise humeur, il s'assit avec une telle brusquerie, que la voiture en sursauta d'au moins cinquante centimètres sur ses ressorts.

La jeune femme, blottie dans son coin, regardait

avec curiosité ce gros monsieur si mécontent, qui n'arrêtait pas de se taper sur la cuisse, en mâchonnant des mots bizarres. Par discrétion, Ramollot se parlait tout bas, mais on entendait cependant par moments : tourte-là ! s'pèce de m'lon! et quelques autres mots de son vocabulaire ordinaire.

Se résignant non sans peine à son sort, Ramollot finit par examiner sa compagne, mal entrevue d'abord à son entrée, sous la lumière vague de la lampe.

Très bien, cette jeune femme. Visage charmant, tenue modeste, toilette simple, un peu sévère mais de bon goût.

S'crongnieugnieu! se dit le colonel, une femme distinguée, pas moyen d'rire. Et fâché de s'être laissé aller à sa mauvaise humeur devant cette femme de bon ton :

— Mande pardon, madame, de tout le... d'la chose de d't'à l'heure, mais c'est que... j'tais fâché d'vous déranger.

— Mais vous ne me dérangez nullement, monsieur.

— Oui, mais... vous m'dérangez, moi, répondit le colonel d'un ton positivement comique.

— Moi, monsieur ! mais... comment?

— Ah ! c'est bien simple. Figurez-vous, madame,

que j'étais monté dans un s'cron... pardon! dans un compartiment libre; j'étais seul, j'pensais dormir, quand un n... de... pardon! un employé m'dit: *Dames seules*, descendez.

— Oui, je comprends, mais qui est-ce qui vous empêche de dormir ici?

— Permettez: j'descends et on m'fait monter dans c'wagon, j'vous trouve là: c'ment voulez-vous que j'dorme maint'nant?

— Je ne vous en empêche cependant pas, monsieur, car moi-même...

— Tandis que si vous aviez été dans les *dames seules*... N'pouviez donc pas monter dans les *dames seules?*

— Oh! monsieur, je n'y vais jamais; je n'ai rien à craindre, je l'espère; je saurais me défendre au besoin, et je trouve inutile d'afficher une pruderie souvent trompeuse.

— C't'évident, n... de D...! pardon, madame, militaire, comprenez le... Pour lors, c'que j'disais donc? Ah! j'y suis: j'aurais bien voulu dormir.

— Eh bien! monsieur, dormez!

— N'pourrai pas, s'crongnieugnieu! n'pourrai plus maint'nant.

— Mais enfin...

— Enfin, enfin, madame, n'pourrai plus, quoi! Ah! si vous étiez grêlée, si vous aviez des n... de D... d'lunettes, j'dirais j'm'en..... comprenez, et j'dormirais d'suite, c't'évident. Si s'ment vous aviez une jambe de bois!

— Ma foi, monsieur, je ne saisis pas...

— Possible, madame, j'n'incline pas du contraire, mais comprenez qu'ça s'rait estupide que j'aille dormir là d'vant vous, que j'ronfle, que j'ouvre une bouche à n'en plus finir, m'rendre ridicule toute la nuit...

— Vous avez bien tort de vous gêner, monsieur, puisque je vous dis que moi-même je vais dormir.

— Vous, j'comprends ça; n'suis pas comparable à tout le... dont vous êtes susceptible. Vous seriez une vieille tourte, j'dormirais; j'suis un vieux m'litaire... vous dormez.

Le vieux galantin dit ces derniers mots d'un air si triste, en regardant de ses bons yeux de brave homme la jeune femme un peu interdite, qu'elle lui tendit sa petite main toute mignonne, en lui disant d'un ton câlin :

— Pardonnez-moi, monsieur, mais... à quoi cela vous avancerait-il que je veille? et puis, je suis tellement fatiguée!

— C't'évident, c't'évident, reprit le colonel en reprenant de son mieux sa grosse voix, allons, dormez!

— Et vous dormirez aussi?

—Je... oui, je... j'tâcherai.

Après lui avoir adressé un léger sourire en guise de bonsoir, la jeune femme s'étendit le plus discrètement possible sur les coussins, pendant que de l'autre côté, le colonel allongé serrait les paupières en faisant semblant de dormir.

Au bout de quelques instants, le souffle cadencé de la voyageuse annonça qu'elle venait de céder au sommeil.

Ramollot, se soulevant alors le plus doucement possible, adoucit la lumière de la lampe avec le transparent, et de sa couverture de voyage, il couvrit les pieds de la jeune femme avec des précautions infinies.

Puis, placé en face d'elle, les coudes sur les genoux et la tête entre les mains, il contempla son doux visage pendant des heures, se disant en lui-même :

— S'crongnieugnieu ! pour la tranquillité des voyageurs, on n'pourrait donc pas avoir des wagons d'*hommes seuls!*

Le Gérant : G[illegible]NAY.

PARIS. — IMPRIMERIE CHARLES BLOT, RUE BLEUE, 7.

QUATRE FEMMES ET UN CAPORAL

A l'occasion du 1er janvier, le caporal Verdure a reçu de sa famille une somme énorme — quelque chose comme quinze francs. — Au quartier, on sait qu'il a reçu un mandat, mais de combien ? On l'ignore.

Verdure n'a rien dit, car il est un peu crasseux, Verdure, et il n'a pas envie de faire manger son argent par les « cam'rades » ; il aime mieux le manger tout seul, ou avec le « *sesque* », dont auquel il fréquente volontiers.

On a d'abord dit qu'il avait reçu cent sous, mais comme on lui a vu fumer un cigare, comme il a pris les allures d'un homme qui achèterait le Palais-Royal si ça lui faisait plaisir, on a bientôt dit qu'il avait dû recevoir au moins dix francs, puis vingt, puis cinquante;

enfin, le soir, on affirmait qu'il avait touché au moins cent francs.

Roupoil, qu'il en est d'une discrétion vraiment pénible pour un gradé, n'a pas demandé à Verdure de lui rendre des comptes, mais tout ce qu'il sait, c'est que le caporal a de l'argent, et il trouve vraisemblablement surprenant qu'il n'ait pas autorisé d'une politesse à son vis-à-vis.

Il ne dit rien, le sergent Roupoil, il est froissé, mais il dissimule ; seulement, comme il est porté sur les « politesses », il a juré què ça nè sè passèrait pas comme ça, n... dè D... !

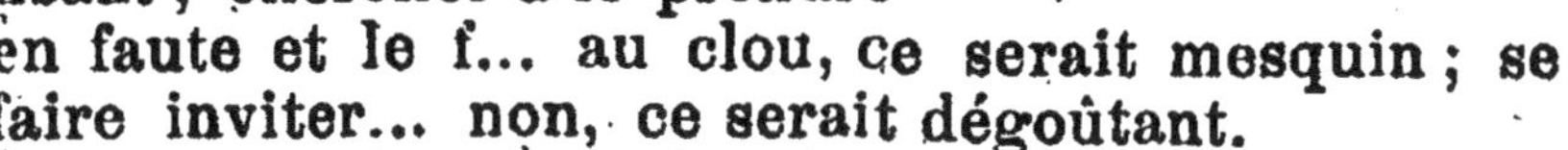

F... le caporal dedans parce qu'il n'a rien payé, ce n'est pas possible, le motif serait insuffisant ; chercher à le prendre en faute et le f... au clou, ce serait mesquin ; se faire inviter... non, ce serait dégoûtant.

Roupoil cherche, cherche ; enfin, il prend une résolution.

Ah ! elle a été dure, et voici pourquoi :

Chacun sait que l'infanterie « la reine des batailles » ne fréquente pas volontiers avec la cavalerie qu'il est indigne de parallèle. Quant à la cavalerie, elle ne fréquente pas plus volontiers avec les « pousse-cailloux » qu'il est inférieur ; or, pour la réalisation de son projet, Roupoil devait se mettre en rapport avec des dragons.

C'était humiliant, mais la vengeance en dépendait, et Roupoil finit par se décider.

Il avait justement un pays, brigadier-trompette au 5e en garnison à Paris et, tout en flânant dans les environs du quartier de cavalarie, il le rencontra forcément, mais comme par hasard.

Les deux héros hésitèrent un moment avant de se reconnaître, mais Roupoil fit le bon apôtre, il tendit sa main le premier à son « pays » et, cinq minutes après, ils étaient installés dans un cabaret voisin, à l'abri des regards indiscrets.

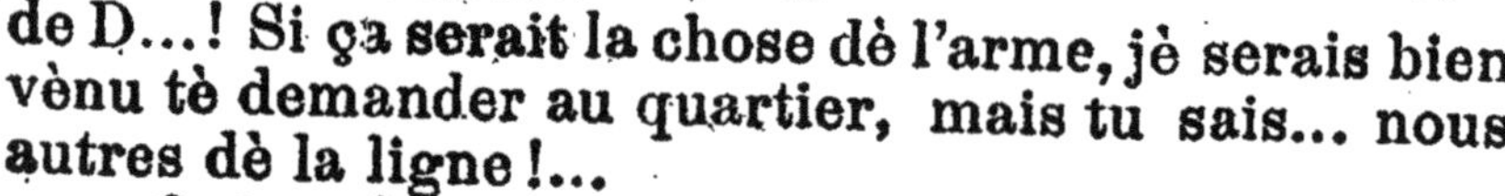

— Ah ! mon pauvò Roupoil ! et comment qu'il comporte dè santé ?

— Mais commò tu vois, mon vieux Rènaudin. Ah ! jè suis f... bien content dè t'avoir rencontrén... de D...! Si ça serait la chose dè l'arme, jè serais bien vènu tè demander au quartier, mais tu sais... nous autres dè la ligne !...

— Oui... cè comme moi, mais tu comprends, nous autres cavaliers !...

— Oui... cè... cè évident !

Cette constatation faite, il y avait comme un froid gênant pour les deux hommes, mais c'est justement sur cette gêne que comptait l'infâme Roupoil pour en venir à son but.

— Et pourtant, reprit-il avec chaleur, cè què ça f... n... dè D... ! que tu sèrais dragon ! crois-tu, par hasard, què jè suis comme d'aucuns qui sè f... de la cavalèrie ! Jè dis que dans lè métier tout un chacun y doit se marcher dans la main, et que la cavalèrie est un homme comme tout le monde.

Renaudin déclara que c'était très juste, et que, pour son compte, il pardonnait très bien qu'on seraitdèdansl'infant'rie.

Renaudin pardonnait. Roupoil auraitpréféréune autre expression, mais il n'était pas enmesuredefaire le fier, il avala « pardonnait » et il continua, sans trop éplucher le mot.

— Renaudin, nous sommes des hommes, et v'là tout cè què ça prouve, n... dè D... ! Seulement, si jè saurais qu'on se f... de moi pour la chose, je te f... mon billet qu'on mè trouvèrait ; cè qui m'étonne, c'est qu'aux dragons, vous endurez qu'on sè f... dè vous.

— Hein ! comment, qu'on sè f... dè nous ! et qui ça donc, n... dè D... !

— Ah ! c'est un j...-f... dè caporal què jè connais qu'il m'en dégoûte, cè cochon-là, car il est pénible...

— Qui ça donc dè caporal ?

— Comment ! vous nè savez pas ça, aux dragons ! mais on nè parle què dè ça, en ville.

Renaudin, devenu furieux, parlait d'aller couper les oreilles à ce sale rabougri dè n... dè D... ! il lui fallait son nom, il avait déjà bouclé son ceinturon, et Roupoil eut toutes les peines du monde à le faire rasseoir

— Ecoute un peu, Rènaudin, tu... écoute donc, mon vieux !

— Cè qui m'a f... un pierrot dè pareil !...

— Ecoute donc, n... dè D... ! jè comprends bien lè... lè machin què tu... fout ça, seulèment y... y sort d'hôpital, le colonel lui refusera la... la chose du coup dè torchon, j'ai une autre idée què tu en sèras vraiment satisfait, toi et des autres camarades.

— Comment ça ?

— Figure-toi què ce cochon-là y vient dè recevoir cent francs dè sa famille, même qui voulait tout lè temps mè profaner dè cigares et douceurs, dont j'ai rèfusé pour la chose dè sè f... des dragons.

Pour lors, comme il est tourné sensiblement sur la créature, dont il fréquente volontiers, qu'on pourrait lui jouer un tour què ça serait rèmarquable et dè mon idée.

Renaudin, qui était pour les moyens violents, écoutait ce beau discours d'un air peu convaincu, mais Roupoil y mit tant d'éloquence, qu'un quart d'heure après, les deux hommes se séparaient les meilleurs amis de la terre, tirant chacun de leur côté d'un air satisfait.

***

Rentré de suite au quartier, le brigadier-trompette s'abouche avec trois « cam'rades » et nos quatre gaillards partent en campagne : l'honneur du régiment est en jeu, on ne traîne pas.

Et, pendant ce temps, Verdure, qui se sent les moyens de satisfaire ses désirs coupables, attend avec impatience l'heure où il va pouvoir filer pour séduire la vertu.

Roupoil, figé sur la porte de la caserne, cause au caporal d'un air tout à fait paternel et bienveillant.

Les heures ont passé, les dragons sont revenus de leur excursion, Verdure est libre et le voilà parti.

Une première demoiselle le croise en route. Le caporal examine la personne, qui lui semble d'accès facile, elle a souri, mais elle continue son chemin sans hâte.

Hésitant, Verdure s'arrête, se demandant s'il va poursuivre cette beauté, quand une seconde demoiselle peu pressée le frôle en passant.

F... ! què n'en voilà deusse dè joliment n'agréable au visuel !

Notre homme tortille ses bouts de gants avec embarras, ne sachant quelle piste suivre, quand un dragon planté de l'autre côté de la rue l'arrête net dans son indécision. Ce dragon le gêne, et Verdure continue sa route, comme quelqu'un qui réfléchit à une chose grave.

Une troisième demoiselle, oui... mais elle est suivie à distance par un autre dragon ; elle a l'œil... engageant, mais quoi, elle est *suivite!*

Ça cè embêtant, car voilà unè Vénus qu'elle est bougorment rèmarquable !

Tout en se disant ces paroles de regret, Verdure s'arrête pour voir si cè n... dè D... dè dragon il a pas fini de rèluquer la personne de sa poursuite indécente, quand une quatrième beauté lui sourit avec une bienveillance què c'en était bougrèment flatteur. Et, cependant, elle passe comme les trois autres.

Qu'elles ont souri toutes les quatre, donc il a plu, cet homme, c'est évident. Seulement voilà, il faudrait sè connaître : comment faire, puisqu'elles ont disparu maintenant !

Verdure en était là de ses réflexions quand le hasard — l'amour peut-être — ramène sur ses pas la demoiselle numéro un.

Personne ! si on sè risquèrait !

Et Verdure commence par faire : Hum ! hum ! ma... madèmoiselle...

— Monsieur, vous...

— Flère d'amour, si vous mè permetteriez...

— Quoi donc, monsieur ? Je... je ne vous connais pas!

— Si vous mè connaisseriez, amoure dè beauté, vous direriez vous-même qu'il est vraiment flatteur... dè... dè la chose.

— Mais... je ne sais pas, moi, il faudrait au moins... se causer, se connaître et... et après... dame!...

— Dè pourquoi què nous causererions pas? Abritez-vous dè mon bras, beauté dè sentiments, et vous *sugerez* comme lequel dè passion.

— Oh! pas dans la rue, pensez donc... si on me voyait, que dirait-on ?

— Allons dèdans n'un pètit machin, et si vous n'êtes pas contraire de bière ou limonade...

La demoiselle, qui n'était pas « contraire de bière ou limonade », se laissa convaincre et, devenue plus communicative, elle indiqua elle-même un petit endroit où on serait très bien pour causer.

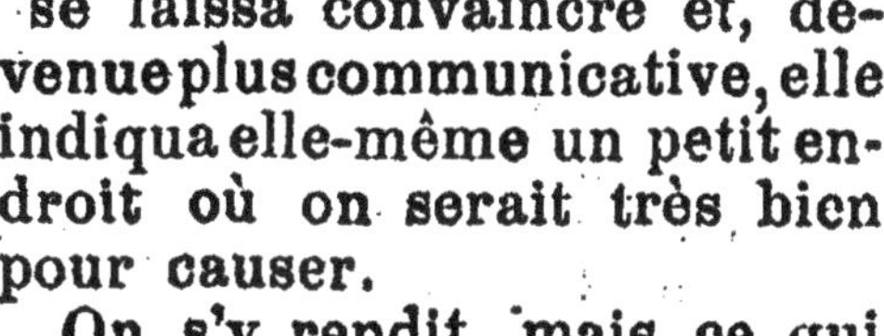

On s'y rendit, mais ce qui contrariait Verdure, c'est qu'en route, les trois autres demoiselles l'avaient croisé d'un air vexé, et qu'elles avaient même l'air de le suivre en prononçant des paroles bizarres.

Installé dans un cabinet de café d'allures douteuses, Verdure devint entreprenant, pressant, inconvenant

QUATRE FEMMES ET UN CAPORAL

— Permettez, belle dame, permettez, si j'aurais su... la... la chose... (Page 122).

même, mais la « fière d'amour » semblait décidément rebelle ; pour comble d'ennuis, elle avait une soif étonnante, et elle voulait des grogs avec des biscuits.

Un peu de résistance, mon Dieu, c'est tout naturel, quand on a affaire à une femme distinguée, ça fait même plaisir, mais c'est tout de même ennuyeux quand ça se prolonge trop !

Au bout de quatre grogs et six biscuits, Verdure trouvait qu'on devait se connaître suffisamment et il commençait à faire la mine, quand la demoiselle numéro deux pénétra dans le cabinet sans crier gare.

— Ainsi, monsieur, dit-elle avec volubilité, vous trouvez délicat de jeter le trouble dans le cœur d'une femme et de vous esquiver ensuite comme un misérable !

— Permettez, bellè dame, permettez, si j'aurais su... la... la chose...

— N'avais-tu donc pas compris mon regard... ingrat !

Très gêné de cette conquête involontaire, mais flatté au fond, surtout à cause de la cruelle numéro un, Verdure pria le numéro deux de s'asseoir, qu'on allait causer, et en gentilhomme, il redemanda trois grogs, et vivèment, n... dè D... !

La commande n'était pas à peine servie, que les deux autres « fières d'amour » firent irruption dans le cabinet, prétendant qu'elles ne permettraient pas à deux... on ne savait quoi, de leur enlever leur petit homme.

Tant d'amour devenait vraiment une calamité, mais Verdure avait déjà payé tant de grogs, qu'il voulait au moins en avoir pour son argent; déserter la place lui semblait tout à la fois une mauvaise affaire et un manque de galanterie, de cette galanterie dont l'armée en est susceptible, et comme ces dames criaient comme des pies borgnes, il essaya de les calmer par une nouvelle commande de consommations.

Ces quatre dames l'adoraient : ce n'était pas de la passion, c'était de la rage; la dame distinguée du commencement s'était même humanisée au point de l'appeler « mon canard ».

Le « canard », fortement embarrassé, jouissait cependant de son triomphe dans la mesure du possible, quand l'arrivée de quatre dragons arrêta les dames dans leurs épanchements.

— Ah çà ! dites donc, f... pierrot ! s'écria Renaudin, le chef de la troupe, cè que vous vous frictionnez de faire le poil aux anciens, jè soupçonne ?

Verdure n'avait certes pas peur, mais quatre dragons...! ça compte quand on est tout seul pour leur répondre; aussi, avant d'en venir aux coups, il allait essayer d'une explication quelconque, mais on ne lui en donna pas le temps :

— Allons, n... de D...! guide à gauche, s'écrièrent les dragons, et les quatre dames filèrent aux bras des cavaliers sous l'œil stupéfait du fantassin, qui ne resta plus qu'en la seule présence du garçon de café goguenard.

— Et.. et combien què nous avons ? demanda-t-il tout pensif, en ramassant les morceaux de sucre épars sur la table.

— Quatorze francs cinquante avec les biscuits.

Après avoir bien cherché dans toutes ses poches, Verdure déposa quatorze francs quarante sur la table. tout ce qui lui restait, en disant avec aplomb :

— Les deux sous..., c'est pour vous.

Et il fila au plus vite pendant que le garçon ahuri cherchait à s'expliquer ce compte-là.

UNE GAFFE

Le colonel Ramollot n'est pas positivement de bonne humeur, car il vient d'apprendre une mauvaise nouvelle : un de ses vieux amis, retiré du service depuis longtemps, vient de mourir.

— S'crongnieugnieu ! pauv'e b...! s'écrie le colonel, quand j'pense que nous nous sommes engagés l'même jour ! avait bien besoin d'rentrer dans l'civil, c'te tourte-là ! Pas décoré, rien ; r'tiré volontairement avec son grade de lieut'nant, n'aura pas s'ment un homme de troupe !

N... de D... ! n'peux pas laisser un vieux cam'rade f... le camp comme ça, tout seul ! j'irai à son enterr'ment.

Et, comme il l'avait dit, le jour du convoi, le colonel Ramollot se rend à la maison du défunt.

Peu de monde : quelques inconnus, hommes et femmes, suivent silencieusement, et pour ne pas avoir à causer avec ces pékins qu'il n'a jamais vus, le colonel prend une voiture.

On arrive à l'église, et pendant la cérémonie, Ramollot sort fumer tranquillement un cigare en se promenant de long en large.

— N... de D... ! c'que c'est qu'tous ces particuliers? pas un seul m'litaire, tous des m'lons ! attends un peu, s'crongnieugnieu ! quand nous s'rons arrivés, mon vieux, n'te laisserai pas comme ça filer sans rien dire, montrerai à tous ces oiseaux-là c'que c'est qu'l'amitié d'un vieux frère d'armes.

Tout en causant, le colonel s'éloigne de l'église; enfin, il aperçoit sortir le cortège, il grimpe dans son fiacre, et là, tout seul, il rumine le discours « comme par lequel il va transvaser tout un chacun d'étonnement. »

La route est longue, mais pourtant on arrive, et, plongé dans son affaire, Ramollot suit les gens sans prêter aucune attention aux choses extérieures.

Au milieu d'un silence religieux, troublé par quelques sanglots qui semblent sincères, on se repasse le goupillon, et quand arrive le tour du colonel, il s'avance gravement vers la fosse :

« Ma pauv'e vieille, » s'écrie-t-il de sa belle voix de contrebasse en lançant un œil capable sur les gens ahuris.

— Pardon, monsieur... lui dit doucement un assistant, en lui posant légèrement la main sur le bras.

— F...-moi la paix, s'crongnieugnieu! lui répond le colonel, et il reprend de plus belle : Ma pauv'e vieille, c'est avec l'émotion, dont j'en suis vraiment r'marquable et susceptible, que j'ai t'nu à v'nir te... te serrer la main une dernière fois.

— Mon Dieu, monsieur...

— Mais f...-moi donc la paix, n... de D... ! Je... une dernière fois.

Ah! n'm'attendais f... pas à çui-ci, quand nous faisions la noce ensemble, vieux camarade de lit, toi qui...

— Mais enfin, monsieur, quand aurez-vous fini d'insulter ma femme?

— Vot'e... hein! quoi, vot'e femme !... s'crongnieugnieu ! c'donc pas l'ancien lieut'nant Dubois?

— Mais pas du tout, monsieur, c'est ma femme, et vous êtes là que vous la tutoyez depuis une heure... vous comprenez que ça m'embête.

— Voyons, voyons, c'que vous m'f... là encore, en êtes-vous bien sûr?

— Mais parfaitement!

— Sommes pourtant bien au Père-Lachaise!

— Pas du tout, nous sommes à Montmartre.

— Ah! n... de D...! sacré Dubois! toujours farceur, c't'animal-là!

Et après avoir salué la société stupéfaite, le colonel Ramollot se retira en se tordant de rire, mais, s'arrêtant tout à coup d'un air inquiet : S'crongnieugnieu ! c't'y pas moi qui m's'rais trompé d'enterrement ?

ÉCHO DE LA CHAMBRÉE

Pinteau revient de course : il a été faire une commission pour la colonelle, et en route il a frôlé sans le vouloir le tablier d'un vidangeur qui passait sur le trottoir.

Pris d'inquiétude il regarde sa manche : *Il y en avait !*

— N... dè n... dè D...! s'écrie le héros, si la colonelle y s'aperçoit... Et il s'arrête tout court, examinant son accident. Mais pris d'une idée subite, il reprend sa route, il rentre, mais avant d'entrer chez le colonel, il s'essuie les pieds avec acharnement.

Le Gérant : GENAY

PARIS. — IMPRIMERIE CHARLES BLOT, RUE BLEUE, 7

L'OMNIBUS COMPLET

C'est tout de même bien désagréable, quand on désire aller à Passy, d'être obligé de prendre l'omnibus de la Glacière qui vous mène d'un côté tout différent, et il n'est pas moins ennuyeux, parce qu'on a complété ce malheureux omnibus, d'être forcé d'acheter une culotte neuve au conducteur de la voiture. C'est cependant ce qui vient d'arriver au capitaine Lorgnegrut, qui n'a décidément pas de chance.

Pour comprendre ces choses extraordinaires, il faut les connaître par le menu, et les voici racontées avec la plus scrupuleuse exactitude.

Ce soir-là, le capitaine devait rendre visite à des amis qu'il avait rencontrés quelques jours avant. On devait s'amuser, il avait promis de ne pas manquer la petite fête, on l'attendait. Toujours exact à l'heure, Lorgnegrut, en avance, s'en allait bien tranquillement prendre à la place de la Bourse, la voiture qui devait le conduire à destination, quand sur le boulevard, tout près du faubourg Montmartre, il aperçut, venant de son côté, le colonel Ramollot, qui n'avait pas l'air d'excellente humeur.

— Ah! n... de D...! se dit intérieurement le capitaine figé sur place, c'est embêtant, car s'il m'empoigne, j'en aurai au moins pour deux heures et je suis sûr que je vais recevoir des sottises, sans seulement savoir à quel propos.

La soirée manquée, des bousculades en plus, c'était trop de bonheur : le capitaine tourna résolument les talons, mais pas assez vite ; le colonel qui l'a reconnu de loin, se met à crier : Cap'taine ! cap'taine !

Il a fort bien entendu, le « cap'taine », mais il fait le sourd, il continue son chemin, il arpente ferme, et l'omnibus de la Glacière passant en ce moment, il l'attrape au vol, et il se faufile lestement dans l'intérieur, il se croit sauvé.

Il était temps, il venait de prendre la dernière place libre, et d'un geste coquet, le conducteur marque *complet.*

— S'crongnieugnieu ! s'écrie Ramollot furieux en voyant échapper sa victime, f... l'camp, c't'animal-là ! n'peut pas s'passer comme ça, attends un peu !

Et voilà le colonel qui s'élance à la poursuite de l'omnibus, faisant des p'sitt! inutiles au conducteur qui lui répond tout le temps d'un air important : Complet!

Mais ça ne fait pas l'affaire du colonel qui court encore plus fort, et qui finit par rattraper la voiture; il s'accroche désespérément au montant de l'impériale qu'il a pu saisir d'une main, malgré le conducteur qui s'égosille à hurler: J'vous dis qu'c'est complet!

— J'm'en f...! répond le colonel tout en trottant, et à bout de souffle, il essaye d'appeler : cap'.....! cap'.....! mais le son ne veut plus sortir et Lorgnegrut non plus, le premier du gosier de Ramollot, le second, de l'omnibus.

Les jambes cassées par l'allure du véhicule qui file un train d'enfer, Ramollot renoncerait peut-être bien à causer au capitaine ce soir-là, il voudrait bien lâcher la barre de fer, mais il n'ose plus la quitter, de peur, entraîné par le mouvement, de se casser la figure sur le pavé, et mal soutenu, se tenant d'une seule main, ce qui le fait courir tout de travers, il rajuste son chapeau prêt à tomber.

Dans cette course échevelée, le mouvement de consolidation fait par Ramollot lui fait perdre encore un peu d'un équilibre déjà insuffisant, et pour ne pas tomber cette fois, d'un effort désespéré, il agrippe le conducteur par le fond de sa culotte.

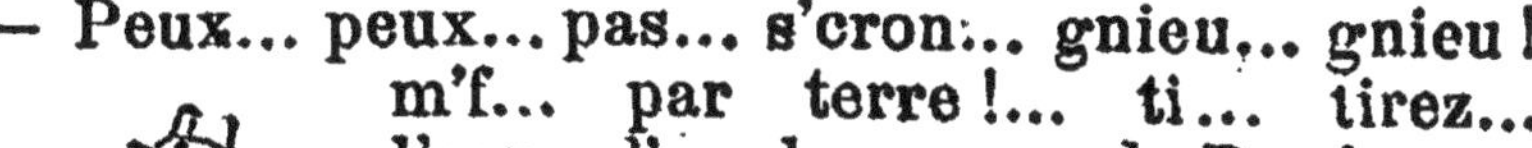

Ainsi rajusté quelque peu sur ses jambes, Ramollot court encore quelques secondes, mais c'est le chant du cygne :

— N... de D...! lâchez-moi donc ! hurlait le conducteur.

— Peux... peux... pas... s'cron... gnieu... gnieu ! m'f... par terre !... ti... tirez... l'cor... l'cordon... n... de D... !

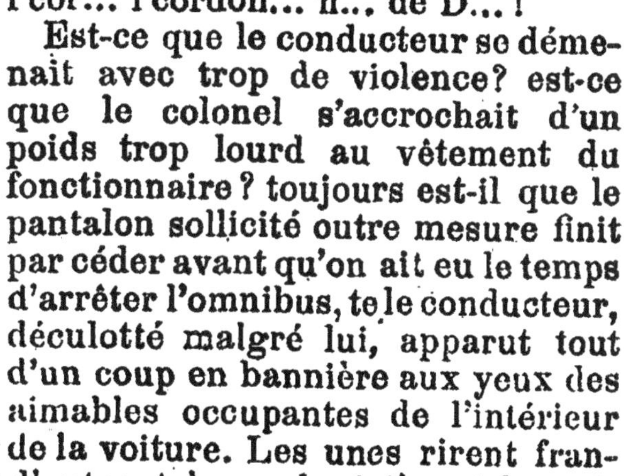

Est-ce que le conducteur se démenait avec trop de violence? est-ce que le colonel s'accrochait d'un poids trop lourd au vêtement du fonctionnaire ? toujours est-il que le pantalon sollicité outre mesure finit par céder avant qu'on ait eu le temps d'arrêter l'omnibus, tel le conducteur, déculotté malgré lui, apparut tout d'un coup en bannière aux yeux des aimables occupantes de l'intérieur de la voiture. Les unes rirent franchement, mais d'autres très prudes jetèrent des cris épouvantables.

Le conducteur s'était enfin décidé à faire arrêter la voiture, un peu tard, il est vrai, pour sa culotte ; Ramollot, soufflant plus à l'aise, avait tout lâché, mais cette fois c'était le conducteur qui ne le lâchait plus.

— Voulez-vous me laisser, n... de D...! j'vous f... une giffle !

— Oui, faudrait voir ça encore! Comment, vous croyez...

— J'm'en f... n... de D...! lâchez-moi, s'pèce de tourte!

Lorgnegrut, désespéré, est enfin obligé de se montrer; on parlemente.

— Comment, c'est vous, mon colonel!

— Parbleu! n... de D...! c'pas Louis-Philippe, j'infusionne! c'que vous f... dans cette sale voiture?

Cette reconnaissance impressionne peu le conducteur et, colonel ou non, il persiste à réclamer une culotte neuve à celui qui lui a mis la sienne en morceaux.

— S'crongnieugnieu! veut'y pas que j'lui f... la mienne maint'nant !

Et Ramollot soutient, avec une apparence de raison, qu'il ne peut pourtant pas se déshabiller dans la rue pour rhabiller le conducteur.

La foule s'est amassée, on rit, on crie, on se tord; la police arrive et comme le conducteur a toujours le derrière au vent, il continue à réclamer sa culotte.

Les voyageurs sont descendus en attendant la fin de l'aventure; enfin, un magasin se trouvant non loin, Lorgnegrut court y faire emplette d'un pantalon noir, pendant que le colonel reste là comme otage.

Tout s'arrange cependant avec une rapidité relative, le conducteur enfile son vêtement neuf dans la voiture vide, on prend le nom du colonel, celui du capitaine et de quelques autres témoins et la voiture repart.

— N... de D...! cap'taine! m'entendiez f... bien c'pendant... c'que vous f... donc là d'dans qu'vous n'vouliez pas m'répondre?

— Mon colonel, je vous assure...

— J'm'en f... s'crongnieugnieu! j'dis qu'vous m'entendiez, n... de D...! signifie encore cette sale plaisant'rie?

—Mais, mon colonel, je ne comprends vraiment pas comment...

— Moi non plus, m'sieu! S'ment c'que j'comprends, c'est qu'j'ai manqué de m'casser la figure pour vous suivre.

— Vous désiriez quelque chose, mon colonel?

—Moi? rien du tout, j'voulais s'ment vous d'mander çui-ci... c'que vous avez affaire ce soir? ça n'vous gêne pas d'causer un estant?

— Dame... mon colonel, je...

— Bon, bon, très bien; puisque vous êtes libre, c'est bon. Pour lors, dites-moi donc un peu, cap'taine...

Et jusqu'à minuit — depuis huit heures — le colonel lui demanda c'que f... encore c't'animal de lieut'nant Bernard.

*
* *

Quant au pantalon du conducteur, voilà comment l'affaire fut réglée :

— Voyez, n... de D...! cap'taine, si vous aviez fait attention quand j'vous app'lais, j'n'aurais pas déchiré la culotte de c't'animal, et vous n'auriez pas été obligé d'la payer. Faites donc attention, cap'taine, c'est dégoûtant, p'role d'honneur: faut toujours que j'vous l'dise, ça c'mence à m'embêter à la fin!

LA DAME CHAUVE

Ah çà! s'crongnieugnieu! cap'taine. signifie encore que c't'histoire-là : paraît qu'la femme du major Van Trouspet couche avec un bonnet d'coton !...

— Ma foi, mon colonel, je... je n'en sais rien; c'est possible, mais je ne l'affirmerais pas.

— Enfin, on l'dit; ainsi, d't'à l'heure, j'passais au quartier et, près des cuisines, j'entendais des lascars qui braillaient :

Et en imitant à ravir le son de vieille ferraille qu'on remuerait dans un sac, Ramollot se mit à fredonner, sur un air qui rappelait de fort loin la *chanson des Bidards*) :

La femm' du major Van-Trouspet,
La femm' du major Van-Trouspet
N'a sûr'ment plus beaucoup d'toupet,
Beaucoup d'toupet,
Beaucoup d'toupet.
Elle a froid bézef à la tête,
Aussi, comme on dit qu'ça l'embête :
La nuit, pour s'réchauffer l'trognon,
El' l'f... dans un bonnet d'coton.

Kif kif la nuit,
Tous deux dans l'lit,
Bien malin qui reconnaîtrait l'épouse ;
Mais pour qu'elle ne soit pas jalouse,
V'là que l'médecin
Couche en béguin.

D'un effort désespéré, il agrippe le conducteur par le fond de sa culotte... (Page 132).

— Je ne sais d'où peut venir cette chanson, mon colonel ; elle a dû être faite par un homme de la compagnie.

— J'pense f... bien que c'n'est pas par l'archevêque, c'que vous m'f... là encore, cap'taine ? c'pendant, il y a une raison !

— Dame !... je... je ne suis sûr de rien, mais on a dit, je ne sais plus qui, que la femme du major était chauve, alors on aura pensé... oh ! une supposition...

— Qu'a s'f... un bonnet d'coton ?

— C'est probable, mon colonel.

— Enfin, c'que vous en pensez, cap'taine? car, avec tout ça, vous n'me f... pas votre opinion..

— Ma foi, mon colonel, je suis bien embarrassé, car je ne sais absolument rien là-dessus.

— N... de D... ! c't'assommant! n'peux c'pendant pas aller lui d'mander ; voyons, cap'taine, tâchez donc d'savoir si elle est chauve, c'te femme.

— Ce n'est pas bien facile, mon colonel; enfin j'essaierai.

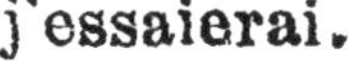

Dans les circonstances difficiles, comme il était de règle de s'adresser au lieutenant Bernard, Lorgnegrut s'empressa, selon la tradition, d'aller trouver l'homme de toutes les ressources.

A la suite d'une enquête habilement menée, le lieutenant apprit que l'indiscrétion venait du sergent Roupoil, qui « avait fréquenté » avec la cuisinière de Van Trouspet.

La source du renseignement paraissant douteuse au colonel, il ne se tint pas pour convaincu, et il déclara qu'il voulait en avoir la preuve; en conséquence, il fit appeler le sergent :

— Dites-moi un peu, Roupoil, signifie cette sale histoire que la femme du major est chauve?

— Mais... mais jè sais pas, mon colonel.

— Enfin, n... de D... ! paraît qu'c'est la cuisinière qui vous a propagé la chose; où est-elle, c'te cuisinière?

— Mon colonel, il a... il a permuté dè bourgeois, même qu'elle est ailleurs du moment.

— Eh bien ! faut m'la trouver, n... de D... ! et si vous trouvez pas moyen de m'prouver la... la chose, j'vous casse, tendez bien c'que j'vous parle, sergent !

Si le colonel tenait tant à avoir cette preuve, c'est que tout récemment, Van Trouspet avait prétendu que madame Ramollot devait se teindre, ce qui avait affreusement vexé le colonel (car c'était vrai), et il n'était pas fâché de se venger du major, en lui prouvant la supériorité de la chevelure de la colonelle sur celle de madame Van Trouspet.

Roupoil, très embêté d'avoir eu la langue aussi longue, ne savait trop comment se tirer d'affaire. Quand la cuisinière viendrait elle-même dire ce qu'elle savait, ça ne suffirait pas, il fallait une preuve ! Or, quelle preuve avoir, si ce n'était de voir le crâne de la dame chauve ?

Enfin, ne sachant à quel saint se vouer, il s'en fut trouver sa *bonne amye*, lui conter son embarras, et lui demander son avis.

Dès les premiers mots, Françoise — la cuisinière — se trouva tout aussi embarrassée que Roupoil pour donner la preuve demandée, mais après avoir bien réfléchi, pendant que le sergent se livrait inutilement à toutes sortes de combinaisons, elle s'écria :

— J'aurais bien ton affaire, mais voilà !...

— Voilà quoi, ange d'amour?

« L'ange d'amour » posa ses conditions, et le sergent qui n'avait pas le choix, fut bien obligé de les accepter ; seulement, il dut promettre, en outre, que le colonel se prêterait de son mieux à la réussite de l'entreprise, et qu'il semblerait tout ignorer d'avance, bien entendu.

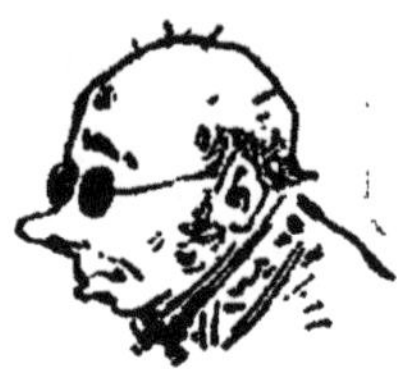

Deux jours après, au moment où le docteur Van Trouspet passait sa visite au quartier, le colonel, accompagné du sergent Roupoil, qui devait lui servir de témoin, se rendait au domicile du major pour lui demander un renseignement quelconque.

Au même moment, une assez forte gaillarde, très mal accoutrée, dans une sorte de luxe grotesque, et qui sentait la domestique d'une lieue, demandait au concierge un nommé Smith, qui demeurait au-dessus du major.

Dans l'escalier, elle rejoignit le colonel et, le tirant par la manche :

— Ce été moa, dit-elle en souriant.

— Ah! bon, fait'ment, s'crongnieugnieu ! et pour lors?

— Entrez tojor, jè entré aussi, et disé comme moa.

Le colonel sonne, on ouvre, il entre suivi de Roupoil et de l'Anglaise.

— Monsieur n'est pas là, dit la bonne, mais si vous voulez entrer dans son cabinet... Madame, vous demandez?

—Moa aussi, jè entré dans la cabinette avec mossié.

A peine les trois visiteurs eurent-ils refermé la porte, que la femme se mit à pousser des hurlements :

—Aoh ! mossié, vous caonnaissez cette misérèble !

Le colonel, ahuri, allait demander des explications, mais l'Anglaise, clignant de l'œil, lui fit signe de se taire.

—Aoh ! què je avè dèvenou malhèreuse, mossié ! cette gredin, cette gentleman de rien di toute, figuiourez-vous il avè abandonné moa dans lè Angleterre, et il avè dèvenou faire mériège dans cette pays avec oune autre milady ; aoh ! què je souis malhèreuse !

Les cris épouvantables de cette femme font d'abord accourir la bonne, qui cherche à la calmer ; mais ses cris redoublent, et cette fois, madame Van Trouspet, qui ne sait ce que signifie ce tapage, arrive elle-même pour s'informer des causes d'un pareil vacarme.

— Mon Dieu ! colonel, que se passe-t-il donc ?

Madame Van Trouspet était admirablement coiffée, la tête simplement couverte d'un léger bonnet de matin, et elle reste toute surprise à la vue de l'Anglaise, qui s'écrie aussitôt en la voyant :

— Aoh ! médèmo ! ce été donc vous qu'il avè pris le kieur de mon méri ?

— Moi ! mais vous êtes folle, j'imagine ! Comprenez-vous, colonel...

— Ma foi, madame, je n'y comprends f... rien, p'role d'honneur !

— Folle ! vous avez dit folle, jè croa !

— Mais c'est évident ! Est-ce que je le connais seulement, votre mari !

— Aoh ! disé pas cette chaose, médème, vous savez peut-être pas, mais je sèvai, moa, cè què jè disé.

— Mais je ne vous comprends pas ; que voulez-vous dire ?

— Cè què je disé, médème ? eh bien ! je disé què vous avez épousé un gentleman qu'il avè déjà mérié soa-même avec moa dans lè Angleterre l'année dernière, rendez-moa cette gentleman, je disé : ave you comprené maintènante ?

L'Anglaise, les yeux hors de la tête, s'était approchée de la femme du docteur, mais celle-ci, peu rassurée, étendant la main pour écarter cette furie :

— Aoh ! mè taouchez pas, ou vous allez voar, misérèble ! lui cria l'Anglaise.

A ce moment, on entendit rentrer le docteur.

— Qu'est-ce que je verrais ? dit madame Van Trouspet, se sentant plus forte en présence de son mari.

— Cela que vous verriez ! répondit son adversaire, en lui empoignant sa perruque, qu'elle jeta brusquement dans la cheminée, où elle flamba en une seconde.

Ce fut au tour de madame Van Trouspet de pousser des cris atroces, et le major entra juste pour la recevoir dans ses bras.

Roupoil et Ramollot n'avaient pu — volontairement sans doute — arrêter le mouvement rapide de l'Anglaise, et ils restaient là, bouche béante, ne sachant que dire et contemplant le crâne absolument chauve de la victime, qui s'était trouvée mal.

Quant au docteur, il faisait des yeux ronds, ne

trouvant pas un mot à dire, ne comprenant rien à cette scène sauvage.

Ses regards ahuris allaient du colonel au sergent et du sergent à l'Anglaise, semblant mendier une explication, quand la femme, se frappant le front, s'écria d'un air positivement stupéfait :

— Aoh ! mossié, cèté vous le gentleman de cette milady ?

— Mais c'est évident !

— Aoh ! je avè trompé moa d'étège. Good morning, Sir, devenez bonne santé.

Et, profitant de la stupéfaction générale, elle sortit au plus vite, sans qu'aucun des trois hommes ait songé à la retenir.

Le sergent Roupoil est maintenant dans les bonnes grâces du colonel, satisfait. Il ne manque plus à Ramollot que de savoir si la femme du docteur met un bonnet de coton ; mais comme il n'est pas exigeant, il disait encore hier au capitaine Lorgnegrut :

— Après tout, vous savez, au fond, j'm'en f... ! et il se console de cette incertitude en fredonnant :

La femm' au major Van-Trouspet, etc.

Le Gérant : GENAY

PARIS. — IMPRIMERIE CHARLES BLOT, RUE BLEUE, 7

L'HISTOIRE D'UN CRIME

En revenant des courses d'Auteuil, le capitaine Lorgnegrut a fait connaissance, sur le bateau du Pont-Royal, d'une petite femme charmante, très gaie, jeune et, ma foi, fort délurée. Jamais le capitaine ne s'était vu à pareille fête; il avait été rapide dans l'exposé de ses idées, la jeune femme avait ri de bon cœur, sans se fâcher; au contraire; enfin, c'était charmant.

Lorgnegrut, pressant, demandait un rendez-vous, mais alors ça devenait plus grave : Alice — elle s'appelait Alice — trouvait que ça allait un peu vite!

— Enfin, belle enfant, il me semble que ma demande n'a rien d'indiscret ?

— Mais, monsieur...

— Permettez! Je n'ai nullement l'intention de vous compromettre auprès de votre famille, il y a toujours moyen...

— Oh! monsieur, je suis seule.

— Eh bien! alors, je ne vois pas...

— Oui, seulement... je... je ne suis pas libre.

— Vous n'êtes pas mariée, vous n'avez à répondre...

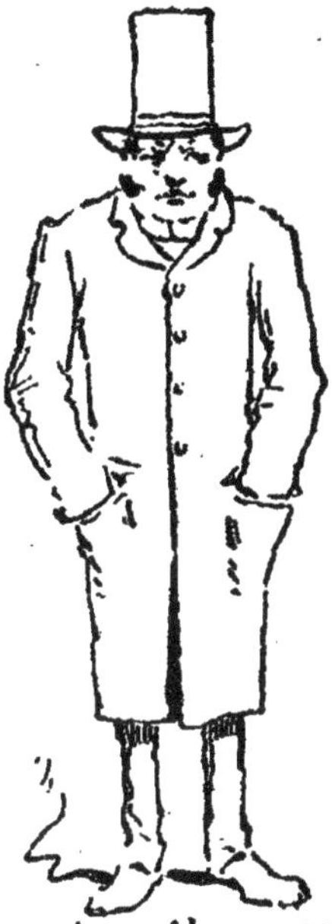

— Tenez, écoutez-moi!

Et la demoiselle gaie prit un air presque sérieux, pour expliquer au capitaine qu'elle n'était pas née *pour ça*, mais que seule, sans fortune, elle avait dû accepter les hommages d'un petit vieux bien propre qui était très bon pour elle, mais qui était d'un caractère jaloux; que s'il la surprenait, elle ne pourrait plus compter sur lui, et qu'à moins de rencontrer l'équivalent, elle ne pouvait, pour la satisfaction d'un caprice, risquer sa position, etc., etc.

Lorgnegrut n'était pas un homme à promettre plus de beurre que de pain, il sentait que sa conquête allait lui échapper, mais il ne voulait cependant pas renoncer à tout espoir.

— Enfin, il n'a donc pas de jours réguliers, ce vieux monsieur?

— Non, il est marié; alors il s'échappe comme il eut dans la journée, et il arrive quand on l'attend le moins.

— N... de D...! c'est embêtant! Et... et la nuit?

— Oh! c'est impossible, et les concierges! Ah! on voit bien que vous ne connaissez pas ces gens-là!

— Mais enfin, voyons, si je leur disais, à ces gens, que je vais chez un autre locataire?

— Dans la journée, oui; ainsi, jeudi, c'est la Mi-Carême, il y a un grand déjeuner chez les personnes qui demeurent au-dessus de chez moi, on n'y verrait que du feu; mais, la nuit, ça serait impossible. Comment faire?

Ce *comment faire?* était d'une telle éloquence que Lorgnegrut ne pouvait reculer: — Venez me trouver chez moi, dit-il.

— Oh non! oh non! on n'aurait qu'à me voir, qu'à me suivre.

— Prenons rendez-vous ailleurs.

— Et qu'on me surprenne!...

— Eh bien! voyons, si jeudi j'allais... vous comprenez? je monterais soi-disant chez vos voisins.

— Evidemment; mais voilà, mon monsieur prétextera une promenade pour voir les masques, et il me tombera peut-être sur le dos.

— Attendez, j'ai une idée: à midi je serai chez vous, et je vous promets que ce vieux drôle ne... ne nous dérangera pas, laissez-moi faire; nous serons tranquilles jusqu'à six heures, je vous en réponds.

— Mais comment ferez-vous? pas de folies au moins!...

— N'ayez pas peur; seulement, quelques renseiguements, je vous prie.

Quand les deux voyageurs se quittèrent au Pont-Royal, d'un air indifférent — par prudence, — Lorgnegrut savait que le vieux monsieur s'appelait Monfignard, qu'il demeurait depuis trois mois rue de l'Eperon, et qu'il avait une nouvelle bonne depuis quinze jours ; qu'il avait un petit garçon, une grosse femme, et qu'il n'avait pas inventé le fil à couper le beurre.

Le soir même, les passants attardés pouvaient voir deux hommes se promener gravement comme deux conspirateurs ; le plus grand disait à l'autre :

— Enfin, n... de D ..! trouve quelque chose ! Si c'était pour le colonel ce serait déjà fait, tandis que pour moi...

— Mais attends donc, sacré mâtin ! D'ailleurs nous avons jusqu'à jeudi matin, qu'est-ce que tu m'embêtes !

Le jeudi suivant, jour de la Mi-Carême, il faisait un temps magnifique. Lorgnegrut, peu habitué aux bonnes fortunes, qu'il ne recherchait pas trop du reste, se trouvait, pour la rareté du fait, dans un état extraordinaire d'énervement.

Dès huit heures, il se promenait fiévreusement dans sa chambre, et il consultait sa montre de minute en minute, en disant : L'animal! il est f... de n'pas venir ce n... de D...-là !

Enfin on sonne; c'est Bernard :

— Eh bien! mon vieux?...

— Ça y est.

— Ça... ça y est! vrai?

— Quand je te le dis, voyons! tu ne me crois pas?

— Si, si, mais... comment as-tu fait?

— Donne-moi le temps de respirer, je vais te conter ça tout à l'heure.

Dans la maison d'Alice, ce n'était qu'allées et venues chez les voisins, où on préparait un déjeuner colossal; quant à elle, elle étudiait une mise de circonstance et des incorrections savamment combinées dans sa toilette.

Chez Monfignard, c'était moins drôle, car à sept heures du matin, alors que tout le monde était encore couché, on était venu sonner violemment à leur porte.

La bonne, effarée, entrait quelques instants après prévenir monsieur qu'on le demandait de suite au salon.

— Hein ! comment ça? à une heure pareille ! Est-ce que vous vous moquez du monde? Qu'on revienne !

— Monsieur, c'est... c'est que c'est le commissaire...

— Comment ça, le commissaire ! quel commissaire ?

— Il y a erreur, Joséphine, s'écria madame Monfignard stupéfaite, ce... ce n'est pas nous ; nous... nous sommes incapables de ça.

— De ça quoi, chère amie ?

— Mais je ne sais pas ; enfin, si tu allais voir, Prosper?

— N... de D...! c'est assommant ! enfin je vais y aller. Il ne vous a pas dit ce qu'il voulait ce... ce commissaire?

— Non, monsieur, il a dit : C'est pour le petit, votre patron saura ce que ça veut dire.

— Allons bon ! Bébert aura encore fait quelque sottise ! Quel cochon d'enfant ! Mais, n... de D...! tu ne peux donc pas y faire attention !

— C'est trop fort, par exemple ! Qu'est-ce qu'il a fait ce pauvre petit ?

— Est-ce que je sais, moi !

La bonne était sortie pendant que monsieur passait sa culotte, et pendant ce temps, un homme d'allures décidées, en bourgeois, boutonné jusqu'au col, se promenait dans le salon, d'un air grave, le sourcil outrageusement froncé sous des lunettes d'or.

Monfignard, très contrarié, vint l'y rejoindre, pendant que madame Monfignard se livrait aux suppositions les plus variées.

— Vous êtes bien Monfignard, monsieur Prosper Monfignard ?

— Oui, monsieur, je... parfaitement, ma femme aussi, c'est moi-même, en effet, seulement, je...

— C'est bien. Vous êtes ici depuis le mois de janvier dernier ?

— Oui, monsieur, nous avons succédé à un Suisse, à un... non, du moins, c'est à... voyons... si, c'est bien ça, à un Suisse.

— Enfin, voyons, était-ce un Suisse, ou n'était-ce pas un Suisse ? Dans votre intérêt, je vous engage à peser très sérieusement vos paroles, car il s'agit d'une très grave affaire.

— Mon Dieu, monsieur le commissaire, je vous demande pardon, mais vous comprenez, quand on ne s'attend à rien...

— Dans votre position, monsieur, on doit s'attendre à tout, autrement on s'expose souvent aux plus grands dangers ; allons, voyons, répondez franchement, ne cherchez pas à égarer la justice.

— Ma foi, je n'ai jamais rien égaré, et ce serait bien sans le vouloir, je vous assure, si...

— Enfin, répondez : vous comprenez qu'il ne s'agit pas de rire.

— Oui, je... oh ! c'est évident, je... je comprends

très bien, c'est en effet une chose qui... je ne sais pas quoi... mais... comme vous dites, monsieur le commissaire, eh bien! voilà, je crois bien que c'était un notaire.

— Un notaire! mais... vous m'aviez dit tout à l'heure que c'était un Suisse.

— J'ai dit... oui, c'est bien ça, un notaire suisse.

— Très bien. Et... il avait une bonne, cet homme, n'est-ce pas?

— Une... ah! je ne pourrais pas vous dire, mais ça n'aurait rien d'étonnant, parce que le notaire, du moins ceux que j'ai connus...

— Enfin, vous n'en savez rien; c'est assez drôle, permettez-moi de vous le dire.

— Mais, dame, monsieur, je...

— Eh bien! je le sais, moi, monsieur. Il avait une domestique, une grande brune, sur laquelle ont couru certains bruits, une nommée Alice, une jolie fille.

— Al... Alice! oh! ça m'étonnerait, c'est-à-dire, non... après tout, je... je ne sais pas.

— Curieux, vraiment! Elle est soupçonnée d'avoir donné le jour à un enfant dans le milieu de la nuit, une fille, et de l'avoir étouffée, étranglée ou fait disparaître d'une façon quelconque.

— Pardon, monsieur le commissaire, si on n'en est pas sûr, comment sait-on que c'est une fille?

— Et si vous n'en savez rien, comment se fait-il que vous en doutiez?

— C'est juste! c'est-à-dire non, enfin je... je ne sais pas moi, mais c'est égal, c'est... c'est bien ennuyeux tout de même.

— Vous êtes bien Monfignard, monsieur Prosper Monfignard ?
(Page 151).

Oh! je dis ennuyeux, remarquez, monsieur le commissaire, que ce que j'en dis. c'est pour le... la petite, quand on n'a pas l'habitude !... car, pour nous, n'est-ce pas... comme nous ne sommes pour rien là dedans !...

— On ne sait pas, nous verrons ça plus tard. Bref, on ne retrouve aucune trace de cet enfant depuis cinq mois; la police s'est livrée aux recherches les plus minutieuses, mais elles sont restées infructueuses; avant d'abandonner l'affaire, il nous reste un endroit à visiter.

— Ah! il faut le visiter, c'est évident, il faut le... Mais comment se fait-il que nous soyons compromis dans la... dans la chose, car enfin...

— C'est bien simple : on n'a rien trouvé nulle part, il est donc plus que probable que le cadavre doit être ici même, dans cet appartement : dans un mur, une armoire, sous le parquet peut-être; bref, il faut s'en assurer, et ce soir, à six heures, je reviendrai avec deux hommes; nous aurons l'air de venir vous rendre visite, et nous travaillerons.

— Ah! sapristi, comment aujourd'hui! le jour de la Mi-Carême! nous qui devions justement aller dîner en ville....

— Oh! ça, je m'en f...! impossible, il faut que vous soyez tous présents en cas de découverte, autrement, votre absence pourrait vous être très préjudiciable : ne trouvant rien, on pourrait supposer que vous êtes complice et que vous avez enlevé l'objet de nos recherches.

— Mais monsieur le commissaire...

— Oh! pas un mot de plus, n... de D...! ou je fais poser les scellés sur toutes les portes à l'instant même!

— Enfin, tantôt, je pourrai toujours bien sortir une heure avec le petit : on lui a justement acheté un petit costume de pierrot qui lui va à ravir, et sa marraine...

— Je m'en f...! je vous dis : que personne ne sorte, et que personne n'entre ce soir avant notre départ, après la perquisition !

— Enfin, monsieur, c'est absolument ridicule ; ma femme...

— Pas un mot de plus, ou je fais monter mes hommes, et en attendant ce soir, je vous fais tous conduire au Dépôt de la préfecture!

— Eh bien! par exemple, en voilà une journée!...

— Pour vous occuper, et pour avancer notre travail, voilà ce que vous pouvez faire : tantôt, en vous amusant, vous pourriez commencer par passer les meubles de votre salon dans votre chambre à coucher, car c'est par là que nous commencerons nos recherches.

— Enfin, monsieur, c'est excessivement désagréable! Ah! mon Dieu, que je suis donc contrarié d'avoir loué cet appartement!

— Maintenant, je dois encore vous dire une chose, monsieur Monfignard : si on vient pour vous voir, si on sonne avant six heures, n'ouvrez pas.

Faites immédiatement prévenir vos concierges que vous n'y êtes pour personne, pour... per... sonne, vous entendez bien! Songez que dans cette affaire, il y va pour vous des travaux forcés.

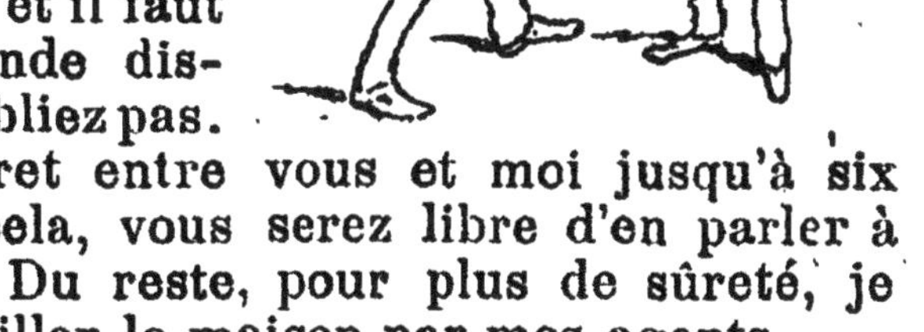

— Comment! mais ma femme qui...

— Qu'elle ne sache pas un mot, ni elle ni votre bonne; les femmes sont bavardes, et il faut ici la plus grande discrétion, ne l'oubliez pas. C'est un secret entre vous et moi jusqu'à six heures; après cela, vous serez libre d'en parler à tout le monde. Du reste, pour plus de sûreté, je vais faire surveiller la maison par mes agents.

— Oh! monsieur, pas de scandale, je vous en prie; je vous jure que rien de ce que vous m'avez dit ne sera répété, même à Stéphanie.

— Stéphanie?

— C'est ma femme, monsieur le commissaire.

Une fois seul, Montignard fait prévenir la concierge qu'il n'y avait personne pour n'importe qui; pour plus de sûreté, il enferme la bonne aussitôt remontée, et il va retrouver madame :

— Eh bien! mon ami, qu'y a-t-il donc?

— Rien, tais-toi, pas un mot! répondit le bonhomme d'un air sombre.

— Comment!... le commissaire vient ici pour des affaires que je ne peux pas connaître...!

— Parfaitement!

— Ça, par exemple, c'est plus fort que de peigner un ours!

— Assez, je t'en supplie... un rien peut nous perdre et... en attendant, nous... nous sommes prisonniers, si tu veux le savoir.

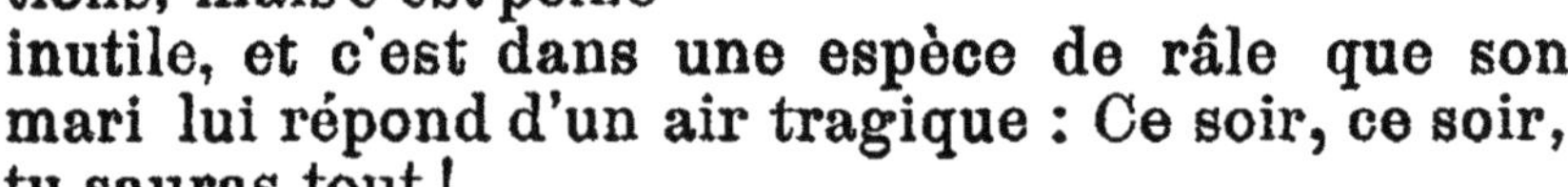

— Prisonniers? mais tu es fou! et les Queudoit qui nous attendent à dîner?

— Impossible! défendu!

Pour le coup, madame Monfignard demande des explications, mais c'est peine inutile, et c'est dans une espèce de râle que son mari lui répond d'un air tragique : Ce soir, ce soir, tu sauras tout!

La bonne femme se demande intérieurement si Monfignard n'est pas devenu subitement fou; mais non... ce commissaire!... mais alors?... Prosper a volé quelque chose, il aura fait un faux, peut-être! Il n'aura pas eu le temps de fuir, c'est évident. Cette dernière idée travaille si fort la dame, qu'elle vient mettre le poing sous le nez de Prosper, en le traitant de canaille.

Prosper se laisse dire toutes les horreurs du monde, il garde le silence, car on lui a dit qu'il y allait pour lui des travaux forcés, s'il disait un mot.

Bébert, qui fait une vie atroce parce qu'on refuse de l'emmener en pierrot chez sa marraine, reçoit de son auteur un nombre incalculable de calottes ; la maman, qui renifle et pleure, n'a pas la force de le défendre, elle a les yeux comme le poing la pauvre mère.

Prosper a l'air sombre d'un condamné qui sait que l'heure est proche ; pour éviter toute tentative d'évasion, il a passé la matinée assis sur une chaise devant la porte, pour que personne ne sorte, et il a mis, par précaution, les clefs dans sa poche.

On déjeune comme on peut avec les restes du dîner de la veille ; d'ailleurs personne n'a faim.

Le tantôt, « pour s'amuser », selon l'expression du commissaire, Monfignard commence à déménager le salon sans rien dire.

— Eh bien! voyons, Prosper, qu'est-ce qui te prend, maintenant?

— Tais-toi, je... je prépare le travail.

— Quel travail?

— Chut! pas un mot, ce soir tu... tu sauras tout.

Et Monfignard traîne les meubles, les uns après les autres, dans la pièce voisine.

— Oh! mon Dieu!..., c'est fini! il est fou!, pense Stéphanie, il va tout briser tout à l'heure : que faire? que devenir?

Monfignard, éreinté, continue le déménagement sans dire une parole; enfin, quand la pièce est vide, il se traîne dans tous les coins, flairant d'un air inquiet dans tous les coins, enfin il se relève en murmurant : « Non... c'est pas ici, c'est sans doute dans notre chambre... à moins que ce soit dans la salle à manger ! »

Madame Monfignard et la bonne le regardaient faire, elles l'écoutaient sans rien oser dire, de peur d'exciter le « *fou* » et de lui faire faire un malheur; mais, anxieuses, elles se demandaient, chacune de leur côté, quel moyen trouver pour avertir la police.

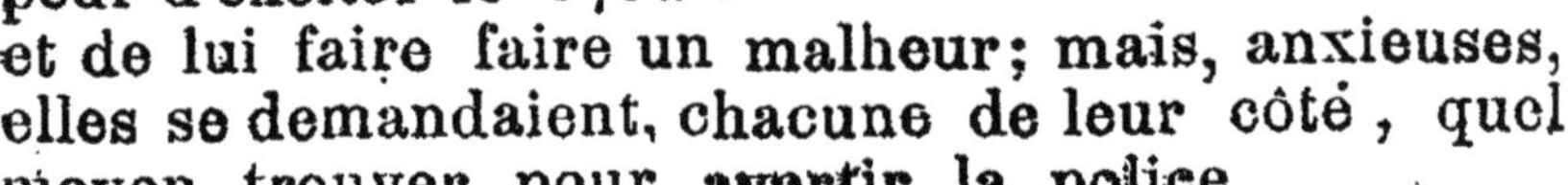

***

Pendant que ceci se passait rue de l'Eperon, le capitaine Lorgnegrut filait des moments ravissants auprès d'Alice.

— Hein! quand je te le disais qu'il ne viendrait pas ton vieux!

— Gros vilain! Mais tu m'aimeras toujours, dis, chéri ?

— Moi, mais... mais pourquoi pas?

***

— Monsieur! monsieur! on sonne, et il est six heures dix.

— En effet, maintenant je puis ouvrir.

Monfignard va lui-même à la porte ; c'est le commissaire qui se présente :

— Entrez, monsieur.

— Après vous, commande le magistrat d'un ton sec, et il suit Prosper, en ayant le soin de laisser la porte ouverte derrière lui.

Tout le monde est là, effaré, inquiet, stupide.

— Avez-vous enfin compris, monsieur Monfignard ? demande l'homme de loi.

— Ma... ma foi non, monsieur le com...

— Eh bien ! je me suis f... de vous !

*
* *

Et avant que Monfignard soit revenu de sa surprise, le lieutenant Bernard, dégringolant l'escalier, s'enfuit à toutes jambes retrouver Lorgnegrut.

Le Gérant : GENAY.

PARIS. — IMPRIMERIE CHARLES BLOT, RUE BLEUE, 7.

www.ingramcontent.com/pod-product-compliance
Ingram Content Group UK Ltd.
Pitfield, Milton Keynes, MK11 3LW, UK
UKHW012038240726
13965UKWH00003B/880